逃亡くそたわけ

絲山秋子

講談社

目次

逃亡くそたわけ

1

亜麻布《あまぬの》二十エレは上衣《じょうい》一着に値する。

もうずっと走り続けているのに声を振り切ることが出来ない。幻聴《げんちょう》だと判っていても自分では止めることが出来ない。医者にだって止めることが出来ない。

亜麻布二十エレは上衣一着に値する。

意味はわからない。だけどこれが聞こえるとあたしは調子が悪くなるのだ。焦燥《しょうそう》が強くなるのだ。衝動《しょうどう》が高まるのだ。夜の峠をブレーキの壊れた自転車で下って行くみたいに、真っ暗な鼓動《こどう》に支配されてしまうのだ。

樋井川《ひいかわ》は博多湾の満潮で逆流して、橋げたのすぐ下まで水が来ていた。西南学院の裏の細い私道を川沿いに、海とは逆の方へ行く。もう二度と病院には戻らない。

亜麻布二十エレは上衣一着に値する。

よかトピア通りを渡った。結界を一つ越えた。振り向いても埋め立て地にぎっしり立ち並ぶきれいなマンションの向こうに、あたし達の病院は見えなかった。メタリックブルーの三角柱の福岡タワーと、赤錆《あかさび》色の屋根をかぶったドームはいつもと変わらぬ姿を見せていた。

サンダル履《ば》きのなごやんが、少し遅れてぺたぺた走りながら、

「もー、休もうよう」

と言った。それで川沿いに取り残された古い市営住宅の北側の草ぼうぼうの三角形の空き地の木の陰で、ゲロを吐くような格好で息をついた。普段は感じないけれど海風というのはたしかにあって、どの木も街の方へ向かって傾いている。通りを一つ越えただけなのに景色は一気に地味になり、空気の密度が低かった。

「俺、体力ないんだって」

なごやんは言い訳のように言った。

「逃げないと。こげなとこおったら捕まるばい」

あたしも息を切らせて言った。

「逃げるって、どこへ？」

「だから、もう逃げとうやん！」

「よくないよ。帰ろうよ」

「いくじなしやね、なごやんは！」

そう言うとなごやんはきっと口を結んであたしを睨《にら》んだ。

亜麻布二十エレは上衣一着に値する。

亜麻布二十エレは上衣一着に値する。

あたし達はまた、よろよろしながら走り出した。


脱走自体は難しいことではなかった。福岡タワーに近い百道《ももち》病院という精神病院で、あたし達はC病棟《びょうとう》という男女共同の開放病棟に入院していた。鬱《うつ》病患者が多かったが、統合失調症《とうごうしっちょうしょう》や非定形症候群《ひていけいしょうこうぐん》の症状の軽い人も入っていた。百道病院は九州最大の精神科の単科病院で、C病棟の他にも中庭を囲んで、男女別の閉鎖病棟《へいさびょうとう》があるA病棟や、薬物とアルコール依存症の治療をするB病棟があった。D病棟は子供の病棟で、E病棟というのは謎だったが、入ったら二度と出られないという噂《うわさ》があった。開放病棟でもあたし達はプリズンと呼んでいた。プリズンC。鉄格子はないけれど、窓は3センチしか開かないようになっている。三度の食事と服薬の他にやることなんて殆《ほとん》どない。週に二回の問診はせいぜい十分だった。躁《そう》状態で入院したあたしは興奮がおさまらず、問診のと

きは医者を相手に大きな声で喋りまくり、最後に、

「先生、退院はまだですか」

と勢い込んで聞くんだけれど、

「もう少し落ち着くまで辛抱して下さい」

という答しか返ってこなかった。外泊の許可も出なかった。親も同じ考えであたしは帰る家を失った気分になった。徹夜明けのような冴《さ》えた感じが続き、ろくに寝ないのに身体は元気だった。どうしようどうしよう夏が終わってしまう。二十一歳の夏は一度しか来ないのにどうしよう。この狂った頭の中には逆巻《さかま》く濁流《だくりゅう》があって、いてもたってもいられないのだった。プリズンで夏を終わらせるのだけは嫌だった。


川沿いの道は殆ど人通りがない。走り疲れてよろけながら昭和通りを目指した。西新《にしじん》パレスのボウリングのピンが見えてくれれば、西新の駅はすぐだ。西新と言えばあたしの庭だ。贅沢品《ぜいたくひん》でなければ一応何でも揃うし、隣の藤崎《ふじさき》までは商店街の真ん中にリヤカーがずらりと部隊を連ねてとれたての野菜や花を売っていて、普段ならただ歩くだけでも楽しいところなのだ。二人とも普通の格好をしていて良かった。なごやんはチノパンにポロシャツで、あたしはTシャツにジーパンだった。

病院の起床は六時半で、七時には食堂に集まってラジオ体操をする。生活サイクルを作るため、と言って、パジャマではなくふつうの服を着るように言われ、昼寝を禁じられた。足元はスリッパではなくサンダル履きだった。火曜と金曜の午前中がお風呂、その他の日はシャワーさえ浴びることが出来ない。病棟の中は頭が痛くなるほど冷房が効《き》いていたから汗でべとべとすることはないにしても、週に二日しかお風呂がないなんて、腋《わき》が気になっておちおちノースリーブも着られない。テレビを見ることが出来るのは夕方五時から七時の二時間で、みんな食堂に集まって見ていたが、あたしは幻聴があるのでそれがテレビの音と混じるのが怖かった。昼間の二時から五時の間に、一時間以内の院内散歩が許可されていて、外出簿に書けば看護婦さんがドアの鍵を開けてくれた。院内と言っても行くところなんてないから、きれいに手入れされた中庭でぶらぶらするか、病院の向かいのローソンに行った。そんな外出でも、病棟にこもっているよりはずっと良かった。

亜麻布二十エレは上衣一着に値する。

あたしはその日の朝、逃げようと思いついたのだった。だからサンダルではなく、靴を履いた。もちろん病棟の外に出るには看護婦さんのチェックがあるから何も持ち出せない。だから財布と家の鍵がポケットに入っているだけだった。一人で逃げようと思っていたけれど、中庭の隅でなごやんが悲しそうな顔をしてしゃがんで野良猫をかまっていたので気が変わった。あたしがそばに行くと猫は気を悪くして逃げた。あたしはなごやんの横に立って、

「ね、一緒に逃げよう」

と誘ったのだった。なごやんは不思議そうに、へっ？　と言った。

「出ようよ、ここから」

なごやんは本気にしていなかった。けれど、ひょこひょこついてきた。外来を通り抜け、裏にまわって駐車場から病院の外に出た。警備員がいるわけでもないから慌《あわ》てなければ目につかない。

住宅地に入り、病院の低い塀が見えなくなってからあたしは走り出した。走る前から胸が破裂しそうだった。走らないとドキドキがおさまりそうになかった。なごやんは、「ねえ、ちょっと、花ちゃんてば」と言いながら追ってきた。

なごやんには蓬田司《よもぎだつかさ》という小難しい名前があって、だから最初はみんな蓬田さんと普通に呼んでいた。蓬田さんがあたしのことを花田さんと呼んでいた頃のことだ。蓬田さんは、二十四歳の、茶髪のサラリーマンだった。

まわりがこてこての博多弁、もしくは佐賀弁筑後《ちっこ》弁北九州弁を喋る中で、蓬田さんだけが標準語だった。だから目立つのは当たり前で、どこから来たと、と聞かれると、蓬田さんは、東京です！ と言いきって、それでみんなから、東京は住みにくかろ、と言われていた。そんなことないですよ、と蓬田さんはいつも穏やかに否定した。今は九州ですけど、いずれ俺は東京に帰ります。

けれどもそれは嘘だった。一度だけお父さんとお母さんがお見舞いに来たとき、二人が大きな声でこてこての名古屋弁を喋ったのだ。九州から出たことのない人間は名古屋弁なんてテレビドラマの中でしか聞くことがないから、みんな興味津々《しんしん》で、具合の悪い人がたまりかねて大部屋に戻っていったのを除いて、みんなが食堂に集まって耳をそばだてた。それでお母さんの、

「婆ちゃんも司のこと、どえりゃあ心配《しんぴゃー》しとるでよう」

とか、お父さんの、

「まーひゃー入院してまったもんで悩んどるのもいかんがや」

とか言う声が食堂いっぱいに響き渡って、聞いているみんなは笑いをこらえるためにすごく変な顔をしていた。蓬田さんは親にもいつもの標準語を崩さなかった。言葉が違うなんて変な親子だとあたしは思ったが、お父さんお母さんだって精神病院というところはこんなにも何かを押し殺すような顔をした人々がいるところなのかと思ったかもしれない。二人が帰ると、爆笑の渦とともに暇人どもの輪が蓬田さんを囲んだ。その輪の中で蓬田さんは正真正銘の名古屋生まれの名古屋育ちだと白状した。途中で一度は黄色い声をはり上げて、そんなのプライバシーの侵害だ、と叫んだけれど、嘘つきが何ば言いよっとか、という世論に屈した。さらに尋問を続けると、名古屋市名東《めいとう》区極楽《ごくらく》生まれだと吐いた。名東区は名古屋の中で一番いいところなんだと蓬田さんは主張したが誰も聞いてはいなかった。福岡にだって、雑餉隈《ざっしょのくま》とか、羽《は》犬塚《いぬづか》とか変な地名はたくさんあるが、極楽なんてところはない。みんな口々に、

「極楽からご両親が来よんしゃったとね」とか、

「極楽で生まれて極楽で死ぬとね」

とか言って蓬田さんをからかった。あやうく「極楽」という渾名《あだな》になるところだった。蓬田さんは唇を噛《か》んで、そうするとすごく可愛い顔になった。

蓬田さんは、ただ東京で慶応大学を出ただけで、たったの四年間しかいなかったくせ

に東京から来たと言い張っていたのだった。そのままNTTの子会社に入って、東京にずっと住んで東京人になるつもりだったのが、転勤で福岡に来てしまった。皮肉だ。

九州の人間は東京だけは認めるけれど、それでも人によっては東京より博多の方が偉いと思っている。その他の地方のことはてんでバカにしていて、それは主に「九州より食い物がまずい」ということに由来している。特に博多者は食いしん坊ばかりだから、年がら年中食べ物の話をしているのだ。病院でまずい飯を食べていてもそのプライドは変わらない。名古屋と言えば味噌カツと海老フリャーとういろうしか思い浮かばない。どこをどうしたって九州にかなうわけがない。なのに、蓬田さんはうっかりムキになって、

「でも、『なごやん』はおいしいんだよ！」

と、叫んでしまった。なごやんてなんね、と矢のような質問が四方から飛んだ。

「シキシマの『なごやん』だよ、お饅頭《まんじゅう》。知らないの？」

蓬田さんは目をむいて言った。

「なごやん」というのはカステラ生地の中に黄身餡《あん》が入っているお饅頭なのだと蓬田さんは言った。黄身餡と言われてもわからない。シキシマというのは名古屋で一番有名なパン屋で東京にはパスコという名前で進出を果たしているのだ、と完全に開き直ってし

まった蓬田さんは言い放った。そんなの聞いたこともないから、リョーユーパンのごたパン屋ね、とみんな勝手に納得して、しかしあんなに名古屋を隠していたのになんでまた「なごやん」なんてお饅頭が、しかもパン屋の饅頭が好きなのかと大笑いして、それ以来、医者と看護婦さん以外の全員が蓬田司さんのことを「なごやん」と呼ぶようになった。婆さん連中は遠慮がちに「なごやんさん」と呼んだ。なごやんはその渾名をすごく嫌がったけれどそのうち諦《あきら》めたようだった。

2

西新までたどり着いた時、あたし達はもう汗だくで、とりあえず駅ビルのプラリバに入って涼むことにした。あたしはタオルを持っていなかったのでプラリバでタオルハンカチを一枚買った。そのとき、財布に三千円しか入っていないことに気づいた。なごやんはきちんと畳んだハンカチでしきりに額をぬぐっていた。走ったためか緊張したためかひどく咽喉《のど》が渇いていたので地下のハナジャムでお茶をしようと言うと、なごやんは息をはずませながら頷《うなず》いた。出てきた水を一気に飲み干してから、あたしはアイスティを、なごやんはどういうつもりなのか〈フレッシュオレンジゆるゆるゼリー〉を頼んだ。

「旨いよ。一口どう?」

すすめられてあたしも一口だけその軟弱なものを食べたが、頭の中ではそれどころじゃなくて、どうしよう、どうしよう、どうしようと考えていた。西新は、あたしの地元みたいなものだが、今となっては危険だった。誰に目撃されるかわからない。またどきどきしてきたので、早々にハナジャムから出て地下鉄に乗った。地下鉄はすいていて、向かいに座った人からじっくりと人相を見られるような気がして不安だった。あたし達は博多駅まで行かずに天神《てんじん》で降りた。

「とりあえず銀行たい」

「なんで」

「逃亡資金。すぐ下ろした方がよかよ。足のつくけん」

「足？　なにそれ」

「だけんねえ、遠くでお金下ろしたら今どこにおるかばれるったい。そげなこともわからんと？　なごやんはばかやね」

なごやんはぷうとむくれたが、地上に上がると、

「あ、東京三菱銀行」

と、嬉しそうに言って赤い三重丸のマークを目指して交差点を渡った。福岡やったら福銀たい、と言いたかったけれど、なごやんはどこにでも支店があって便利な福岡銀行よりも「東京」とカードに書いてある方が嬉しいのだった。キャッシュコーナーであたしは三万円、なごやんはもっと沢山下ろした。分厚い札束を無造作にポケットに入れた

くせに、銀行から出るなりなごやんは言うのだった。

「やっぱり病院に帰ろうよ」

「嫌くさ。本当にあそこにいるのは嫌」

「だって、病気治さなきゃ」

「これ以上テトロピン飲み続けたら廃人になるけん、嫌」

テトロピンを飲むくらいなら治らない方がましだ。躁や統合失調症による神経の興奮を鎮める薬だと医者は言うけれど、そんな生易《なまやさ》しいものではない。患者はみんなあの薬で「固められる」と言っている。文字通りだ。飲むとものすごく気分が悪くなって、頭の中に暗い霧が来る。だるくて動くことも喋ることも出来なくなる。考えることすら出来なくなるのだ。何を見ているのか、それすら忘れてしまう。時間をまるごと失ってしまうのだ。薬を飲んだ後にうっかりお菓子なんか食べているとそのまま意識がなくなって、気がつくとお菓子が口の中でどろどろになっている。と言って眠っているわけではないらしい。意識が戻ると今度は体中が痒《かゆ》くなる。腕の内側とか、皮膚の柔らかい場所を掻《か》きむしる。ブツブツが出たこともある。最低だ。元に戻るまで二時間以上かかる。

そして恐ろしいことにだんだん元に戻る時間が遅くなってきているのだ。通院時だったらそんな薬は速攻ゴミ箱に捨てるけれど、入院していると毎食後と寝る前にコップを持って一列に並んで、順番が来ると飲み込むまで看護婦さんに見られているから薬をさぼったり貯めたり捨てたりすることが出来ない。一度、べろの下に隠してトイレに捨てようとしたら看護婦さんに見つかって、それ以来あたしは飲み終わったあと口を開けて点検されるようになった。

テトロピンに侵《おか》されて普通の生活に戻れなくなるのは困る。本当に廃人になってしまう。朦朧《もうろう》として病院に幽閉《ゆうへい》されたままあたしの人生が終わってしまうなんて怖すぎる。

「どげんしたって帰りたくないっちゃん。これ以上テトロピン飲んだらあたしの人生終わりよ。これ以上あげな薬飲んだらもう本当に普通になれんくなると」

「ねえ、落ち着いてよ、大丈夫だよ」

岩田屋の前で、腰に手を当ててなごやんは言った。

「天神も危なか、みつかったらどげんなるか……どっか行かんと。なごやん、どげんしよう」

「興奮しないでよ。ちゃんと考えてみようよ」

「ああ、しゃーしか」

なごやんはもうお手上げという顔で言った。

「じゃあ……とりあえず、俺んち来る？」

どうしていいかわからなかったから、うんと頷いた。どこでもいいから、危険じゃない場所にいたかった。それで西鉄に乗った。窓の外を見ていると、遠くに赤十字病院が見えた。なごやんは黙ってあたしを促《うなが》して、高宮《たかみや》で降りた。噴水の脇を通って通りに出ると、下校時なのか雙葉や筑紫女学園などの私立中学の制服を来た子たちが目についた。みんなすごく幸せそうに見えた。でもあたしだって中学の頃は、いや、ついこの前までは幸せに暮らしていたのだ。

「西鉄系はよかねえ、お嬢様学校ばかりたい」

「花ちゃんはずっと公立だった？」

「ずっと公立。大学だけ私立」

「あれ、福岡大学って私立？」

「そうくさ。九大みたいに頭良うないけん」

なごやんの家は駅前のきれいに舗装された通り沿いにある白いタイル張りのマンションで、よかとこやね、とお世辞を言うと、会社が社宅扱いで借りてくれてるから、としおらしく言った。男の人の部屋と言ったらあたしは毅《つよし》の部屋しか知らなかったが、毅は早良《さわら》区の実家に住んでいた。もうずっと会っていない。大学で仲良くしている子は市内か、久留米《くるめ》あたりから通っている子が多かった。女の子は一人、諫早《いさはや》出身で六本松に住んでいる子がいて、彼女の部屋にはよく行った。みんなどうしているのだろう。ケータイは入院のときに荷物検査で取り上げられて、ロッカーに入れられてしまった。ケータイがなくては電話番号もわからない。

そんなわけで男の人の一人暮らしの部屋に上がるのは二十一にもなって初めてなのだった。

ワンルームの部屋は殺風景だけれどきちんとしていた。入院前に大掃除でもしたんだろうか、もともとそういう性格なのか。壁のフックにクリーニングのビニールがかかったままの紺のスーツが吊るしてあって、当たり前のことだけれど、入院前、なごやんはスーツを着て会社に行っていたんだなあ、と思った。トイレを借りると便座が上がっていて、これも当たり前だけど、ここは男の人しか使わないトイレなんだと思った。あたしがあちこち観察して回ろうとすると、いいから座ってよ、と叱られた。出窓のところに電話があった。家以外で唯一ケータイの番号を暗記している毅に電話をしようかな、と思ったけれど、最後に話した時の冷たい口調が蘇《よみがえ》って、思考が止まった。なごやんはインスタントコーヒーを入れてくれて、二人ともお砂糖をたっぷり入れて飲んだ。

「柿の種でも食う？」

「いらない」

なんでコーヒーに柿の種なのかわからなかったが、なごやんは、じゃあ俺もいらない、と言った。やっぱり落ち着かなくて、あれが聞こえた。

亜麻布二十エレは上衣一着に値する。

「ちょっと落ち着いたらさあ、病院に戻ろうよ」となごやんが言った。

「もう、あそこには戻らん。あたしはずっと逃げ続けちゃあけん」

「そんなのまずいよ。ねえ、冷静に考えようよ」

亜麻布二十エレは上衣一着に値する。冷静になんかなれない。

「なごやんはあたしが死んでもいいと?」

「躁の人は死なないでしょ」

「死ぬったい。ふつーに死ぬて。あんたが知らんだけたい」

言えば言うほど緊張と興奮が込み上げてきて震えるのだった。頭のなかの血管がビクンビクンと脈打つのが感じられた。

亜麻布二十エレは上衣一着に値する。

「俺にどうしろって言うのよ」

なごやんの声が高くなった。

「なごやん、一生のお願い。一人じゃ何するかわからんけんが」

「だからどうすりゃいいのよ」

亜麻布二十エレは上衣一着に値する。

あたしは声を低めて言った。

「ねえ、病院じゃ、もう絶対探しとうよ」

「そうだろうな。怒られるよな」

「個室に入れらるるよ。鉄格子よ」

あたし達はごくふつうに、外から鍵のかかる部屋のことを「個室」と呼んでいた。この病院は個室でも特別料金とらんけんね、と冗談混じりに言っていた。こ
「廊下にしか窓のない個室あったよな、ナースステーションの横。あそこだけはいやだなあ」

「だけん逃げんばいかん！」

亜麻布二十エレは上衣一着に値する。

亜麻布二十エレは上衣一着に値する。

あたしはもう、泣きそうだった。なんでこれが聞こえるのか、どうしてこの声に小突き回されているのかわからない。頭にはいつも違和感があった。中華鍋を帽子の代わり

にかぶせられて上から棒でガンガン叩かれているようなのだ。残されたほんのちょっぴりの正気な頭は逃げることしか考えていなかった。それももう正気かどうか、わからなかった。けれども今にも病院の人がこの家にやって来てピンポンを鳴らすかもしれない。ここにいちゃいけない。誰も知らないところに行かなくちゃいけない。今すぐ。今すぐ。あたしは見えないものに追い立てられていた。

「なごやん、車持っとらんと？」

「あるけど……」

「一緒に逃げよう。もうそれしかなかよ」

「家まで車で送ってやるよ。それから俺は車戻して病院に帰る」

「嫌ったい」

「子供みたいなこと言わないの」

けれど、あたしが見つめるとなごやんは目を伏せてしまった。しばらく、そのまま両膝に手をついてあぐらをかいていたが、やがて深い溜息《ためいき》をついた。

「ほんとに逃げるんだ？」

「ほんとくさ」

「しょうがないなあ」

なごやんも心を決めたのだとあたしは思うことにして、問題を打ち明けた。

「ばってん、薬のなかっちゃん」

「俺の薬見る？」

なごやんはクロゼットを開けて上の段から靴箱を取り出した。中身は全部薬だった。

「これ全部飲んだら死ぬかな」

なごやんは愚かしく言った。

「こげな量で死ぬわけなかろうもん。それに、あればい、今は死ぬ薬やらそげんないとよ」

「へえ、そうなんだ」

あたしはそんな物騒なことより、ちゃんと効く薬が欲しかった。

「レボトミンないと？」

「そんな薬聞いたこともない」

「ヒルナミンがあるやん、ヒルナミンとレボトミンは一緒の薬たい」

「ああ、それ眠剤《みんざい》の補助に使ってる」

「あとは何飲みようと？」

「ロヒプノール」

「ロヒはあたしも要るっちゃが。ようけあると？」

「一シート」

残りはあたしには効かないものばかりだった。なごやんもへなちょこだが、薬もへなちょこ薬ばかりだ。あたしは今は躁が強いから抗鬱剤《こううつざい》は要らないけれどリーマスが要る。どこかでメレリルも手に入れたい。

メレリルがないと、幻覚が出たときに冷静に対応できる自分がどこにもいなくなってしまう。幻覚の怖さは幻聴の比じゃない。自分の中に男や女やいろんな人が沢山集まってきて、あたしが寝てようが起きてようが、それぞれが勝手に起きたり寝たりして、泣いたり怒鳴ったり絶望したりする。結論はいつも一緒だ。みんなあたしのことを殺そうとしているのだ。これは幻覚なのだと自分に言い聞かせてもその声はすごく小さくてかき消されてしまう。幻覚の方が実感なのだ。何が嘘だか判らなくなってくる。あたしは幻覚の言うことを口に出して垂れ流していないか、心配で仕方ない。本当におかしい。

なごやんが薬をレジ袋に移しながら言った。

「君の実家には貯め薬ないの？」

「ありよったけんが、未遂したときに見つかってから全部捨てられたっちゃん」

ほんとに未遂したんだ、となごやんは蚊の鳴くような声で言った。

した。

あたしは高校のころから鬱持ちで病院に通っていたけれど、躁転したなんて知らなかった。ここ一年半くらいはひどい落ち込み方をすることもなかったから、治ったんだと思って、眠剤だけは月に一度、通院して貰って飲んでいたけれどあとの薬はちゃっかり貯めていた。元々の性格は暗い方じゃない。

自殺未遂に理由なんか何もなくて、だから躁の自殺は恐い。あの頃あたしは毎日楽しく遊んでいた。友達と糸島《いとしま》半島で泳いでお酒もいっぱい飲んでバイト代はたいて服とか化粧品とか買いまくって、彼氏だった毅といちゃいちゃしてたまに派手な喧嘩もして、毅には「テンション高かねー」と言われていた。けれどそんなの病気のせいだなんて思わなくてただ盛り上がっていた。楽しかったんだと思うけれど今ではよく思い出せない。

ある日ふっと空白の一日があった。あの声が聞こえたのはそれが最初だった。

亜麻布二十エレは上衣一着に値する。

亜麻布二十エレは上衣一着に値する。

低い男の声だった。淡々と繰り返した。最初はラジオかと思った。時々ノイズも混じった。でもラジオなんかつけていなかった。頭の中に壊れたラジオがあるのだった。

亜麻布二十エレは上衣一着に値する。

「今日はあたしが死ぬ日なんだ」

そうだ死んでみよう。それは、今日はキャナルシティに行ってみよう、くらいのすごく軽い気持ちでそう思うとなんだかすぱっと目の前が開けたような気がした。コンビニでペットの2リットルの水を買ってきて、今までなにかにつけて貯めてきた薬をまとめて飲み始めた。あたしは今時の眠剤じゃ死ねないことを知っていた。あたしの飲んでいたベゲタミンAにはフェノバルビタールが入っているけれど大した量じゃない。炭酸リチウムならどうだろうと思った。致死量までは知らなかった。何を何錠飲んだかは定かではない。いつの間にか意識をなくした。

目を開けるとそこは病院の大部屋で、両手両足をベッドの四隅《よすみ》にくくりつけられていた。何が起きたのかすぐには思いだせなかった。足の付け根がごわごわしていて何かと思ったらおむつだった。点滴と、鼻チューブまでついていて、鼻と咽喉がつっかえるような感じだった。えらいことになってしまったと思った。ベッドの脇には父が怖い顔をして座っていた。

「胃洗浄、辛かったとや」

怖い顔のまま父が聞いた。

「覚えとらん」

父はまた押し黙った。

「どれだけ寝とったと？」

「二日」

「ここ、どこ？」

「平尾の赤十字病院」

「電話しなきゃ」

真っ先に毅のことを思った。

看護婦さんが来て、父が出ていって、看護婦さんは鼻チューブを外して両手両足をほどいてくれた。そんなに暴れたんですか、と聞くと、困ったように笑って頷いた。それからおむつも外して拭《ふ》いてくれた。とても恥ずかしかった。キャスターのついた点滴台をごろごろひきずってトイレは自分で行ってもいいことになった。

父にせがんでケータイを返して貰ってトイレで毅に電話した。ごめんね連絡せんでから、と言うと、もうあらかじめ母が電話してしまっていたのだった。あたしは自分が悪いのに母を恨んだ。

毅は少し黙っていたが、やがて、

「精神病なんて、知らんかったったい」

と言った。聞いたこともないようなきつい声だった。

「なして？　そげなこと関係なかろうもん」

「おまえ、まんぐっとったろうが」

まんぐる、というのは多分早良弁で、あたしにもよくわからなかったがいい意味でないのだけはわかった。だから、

「そんなことなかよ」と必死で言ったけど、

「もうよか。好かん」と言われて電話は切れた。

それから毅のケータイは着信拒否になった。気が変わって解除にしてくれるのではないかと期待して何度もかけてだめで、家電にかけて居留守を使われて、自分がストーカーみたいになるのが嫌ですごく辛かったけれど電話するのをやめた。それでもあたしは、毅のことが好きやった。ガキ大将がそのまま大人になったみたいな、濃《こ》ゆい顔のとぼけた奴だけどすごくさびしがり屋で、あたしが他の友達と遊びに行くと拗《す》ねた。毅はあたしにすごく優しかったし、世の中のどんな恐いことからも守ってくれそうな気がした。二人でいるとき、あたしは自分のことも好きになった。毅が好いてくれるという、ただそれだけの理由で好きやった。

けれどそれは終わった。

大学の前期試験が終わっていたのがせめてもの救いだった。興奮状態は続いていて、すぐに感情的になって怒鳴ったり壁を蹴ったりした。集中力がなくて本も読めないし、夜も殆ど眠らなかった。家に閉じこめようとする親と言い争いばかりしていた。閉じこめられると余計暴れる精神が辛かった。親でも病気のことは判らない。あたしの言うことが信用できないなら医者に聞いてくれと言っても、医者の前でははいはい言うだけで何もわかっていない。

掃き出し窓から庭に降りて脱出したこともあった。気がつくと父の突っかけを履いて、寝巻きにしていた高校のジャージとボロボロのTシャツという恥ずかしい姿で天神に立っていた。いつの間に買ったのか、ぬいぐるみだのサンダルだの食器だのをまるで福袋のように両手に下げていた。自分でももてあます程焦燥と衝動が強かった。そうこうしているうちに、手続きが整って百道病院に入院することになった。あたしは逆らわなかった。自殺未遂という重罪を犯したのだからどうなっても仕方ないとそのときは思った。

亜麻布二十エレは上衣一着に値する。

3

なごやんは薬をリュックに詰め、Tシャツとジーパンを丸めて押し込んだ。それから洗面所に行って髪につけるワックスと電気剃刀《かみそり》を持ってきて入れた。旅行に行くみたいだと思った。きちんと畳《たた》んだパンツはトランクスで、関係ないのにほっとした。あたしはパンツどうしよう、と思ったがとても恥ずかしくて言えなかった。

「なごやん、Tシャツ貸して貰ってよか？」

なごやんは、おう、と言ってグレーのTシャツを二枚余計に入れてくれた。これから城南区の実家に寄るのは時間的にもやばかった。あたしには家に帰る理由がなにもない。親は許してはくれないだろうし、病院から電話がきているかもしれない。

マンションの裏の住宅街に駐車場があった。なごやんの車は古くて四角いオヤジ車だった。色は白。スマートな茶髪のなごやんには全然似合わない。

「名古屋ナンバー」

あたしは笑った。今までに名古屋ナンバーなんて走っているのを見たことがなかったからだ。

「笑うなよ。いずれ品川ナンバーとるんだから」

この車で品川ナンバーなんて余計笑ってしまう。

「なんしか『太陽に吠《ほ》えろ！』に出てきそう」

再放送で見たマカロニ刑事とボスを思いだしてしまった。

「どういう意味だよ」

「トランクに死体が入っとうと。そいでから最後にバーンち燃えると」

「なんだよそれ」

死体の入っていないトランクにリュックを放り込みながらなごやんは苦笑した。車に乗ると一瞬だけ、知らない男の人の匂いが鼻をかすめた。ちょっとどきどきして、興味もないのに、

「なんて車？」と、聞いた。

「ルーチェ。親父の車のお下がり」

あたしはふーんと言った。なごやんは、

「これでも『広島のメルセデス』って呼ばれてたんだぜ」

と言った。何を威張っているのやらわからない。それって広島球場のことを、「広島の福岡ドーム」って言うようなものだろうか。

なごやんがエンジンをかけると、パンクっぽい音楽が流れた。昔の車だからCDじゃなくてカセットだった。

「これ誰？」

「The ピーズ。『どこにも帰らない』ってアルバム」

なごやんはテープを巻き戻してかけた。

　脳ミソがジャマだ　半分で充分

　ハマんのはゴメンだ　脳ミソがジャマだ

　取っちまいたい

わざとらしいくらいタイムリーだと思った。

「何年か前に再結成したんだよ」

「へえ、こげんのがなごやんの趣味ね」

「花ちゃん、これ好き？」

「よかやないと」

なごやんはもっと、静かな感じが好きなのかと思っていた。意外だった。

3号線へ出る道は混んでいて、なごやんは明らかに苛立《いらだ》っていた。亜麻布二十エレは上衣一着に値する。

横から強引に入って来た車になごやんはカン高い声を出した。

「あああ、もう何よここの運転。こいつらウィンカー出しても絶対入れてくれないくせに、自分はぶつけるつもりで入ってくるんだぜ。ほんと、福岡の運転だけは頭来る。東京はみんな紳士的だよ」

「クラクションばやかましい鳴らしたらいいったい」

「なんで君みたいな若い女の子までそういうこと言うんだよ。この街にマナーってものはないの？　ねえ」

「やる気のない奴はこの街では生き残れんてことやね」

たしかに毅も血の気の多い運転をしていたなあ、と思った。すぐに窓を開けて怒鳴ってた。バスだって乗ってて危険なくらい乱暴だし、父親なんか木刀《ぼくとう》をいつもトランクに積んでいた。だからこの程度で騒ぐ方がおかしいし、一旦公道に出たら最後、どこかの木刀を持ったオヤジにいつやられるかわからないのだ。そのくらい危険なのだ。あたしは運転せんけど。

「ほんとに行く？　やっぱりまずいんじゃないかなあ。俺相当まずいような気がする」

なごやんはいつまでもそう言っていたが、あたしは黙っていた。どこか遠くへ行ってしまうのだ、と思うと、旧3号線のしけた景色でさえ懐かしく思えた。

さよならあたしの福岡、あたしは心の中で言った。

「どっち行けばいいのかな」

「ナビついとらんと？」

「あるわけないだろ、昭和六十二年登録なんだから。地図ならグローブボックスの中にあるよ」

「うわあ、昭和の車ね、ぼろかー」

グローブボックスに入っていたのは福岡抜け道マップ、東京23区道路地図、あとは高速のサービスエリアで貰う全九州の地図だけだった。使えないなあ。高速の地図を広げた。けれどもどこに行くのかは地図にだってナビにだって判らない。

亜麻布二十エレは上衣一着に値する。

「ねえ花ちゃん、帰った方がいいよ、大変なことになるよ」

なごやんがあたしを名前で呼ぶのは、よっぽどの時だ。病院の中の売店までも行けないほど気分が落ち込んでいて、でもジュースとか買ってきて欲しいときとか。でも、もう今は車は走り出していて音楽はジャカジャカ鳴っている。お天気だって最高であの声さえ聞こえなければすごくいい日なのだ。あの声はあたしにしか聞こえないからなごやんが悲壮な顔する必要はない。けれどなごやんは軽い鬱病だから多少落ち込むのも仕方がないのかもしれない。

「ねえ、家どっちなの？」

「こっち」

あたしは春日原《かすがばる》の方を指さした。

「嘘ついてもわかるよ」

なごやんはバカではない。城南区がそんなところにあるわけがない。

「ねえ、阿蘇ってどっち？」

突然、なごやんが言い出したのであたしはちょっと驚いた。

「あっち、南」

「阿蘇って自殺の名所だよね」

「なしてそげなこと言うと？　よかとこよ、阿蘇は。今から行きたいくらいよ」

「だめだよ、君は家に帰らないと」

「なごやんこそ、極楽に帰りよったらどうね」

そう言って笑うと、なごやんは急に毅然《きぜん》とした。

「俺は名古屋には絶対に帰らない。そのために勉強して東京の大学に入ったんだから」

「慶応ボーイが九州に来て悲しかろ。こげんよかとこなのに」

なごやんは唇を噛んで、

「いつか絶対に東京に帰ってやる」

と、まるで仕返しを誓うかのように言った。

「じゃあ今から行く？」

東京なんて遊びで行くところだ。住むところじゃない。

「車でなんて、とんでもない」

なごやんが、くやしがるときに唇を噛むのは、そうすると可愛い顔になるのを自分で知っているからで、そんな余裕もないほど口惜しい時には頭をグッと後ろに引いて目が細くなるのですぐわかる。普通にしていればかっこいいのに、顔に上半身と下半身があって、作り笑いをする時は口だけで笑う。得意になった時にはまゆ毛が上がる。気に入らないときには目鼻がばらばらになって福笑いみたいな顔になる。本当の気持ちは顔の上半身を見ていればわかる。自分がどう見られたいのかは顔の下半身に出る。うまく言えなかったけれど、そういうことを話すと、

「頼むからさあ、俺を観察しないでよ」

と言った。けれどもそう言っている顔の上半身は照れ照れで、なごやんは実はいじられるのが嬉しいのだった。

「高速乗ろうか」

太宰府《だざいふ》インターの看板が見えてきた。

亜麻布二十エレは上衣一着に値する。

「やばいよ、高速は。見張られとうよ」

あたしは本気でそう思った。思い込みだよ。間違いないと思った。

「そんなことないだろ、思い込みだよ」

「新幹線と高速は絶対に見張りがおるけん、国道しかなか」

「どうしよう、帰ろうか」

なごやんの目が小さくなった。びびっている証拠だ。

「捕まったら個室よ」

「じゃあこっちか」

なごやんはウィンカーを出して国道386に入った。どこに行くつもりもなかったけれど、それが分岐点だった。

4

「俺さあ、金ためてポルシェ買うのが夢だったんだよね。ポルシェのボクスター」

あたしには何の話だかわからなかった。

「なんて？」

「知らないの？　ポルシェだよ。ドイツ車」

「知らん。免許ないけん」

「うそ、免許ないの？　大学生にもなって？」

「なごやんて、車オタク？」

「オタクじゃないと思うけど、でもポルシェのない世界なんて想像もできない」

「今持ってないのに、想像もできんなんてばかばい」

「ばかって言うなよ」

「名古屋弁やったらばかばいはなんて言うとね？」

「たーけらしー、かな」

「あははは、たわけ者めー」

時代劇みたいだと笑っていたら、たわけ者とは言わないんだよ、たわけとしか言わない、となごやんは言った。

「なごやん、いくら下ろしたと？」

ずっと気になっていたことを聞くとなごやんは涼しい顔で、

「百万」と答えた。

「えっ」

「どうだっていいよ。十万でも百万でも一緒だろ」

道端に果物屋が目につくようになった。甘木《あまぎ》は福岡を出てから初めての街らしい街で、それでも小さな街だった。

「なんか食わないとね」

「もうそげな時間ね」

「そうか、君はお腹《なか》がすかないんだったね」

あたしはいつも病院でご飯を残していた。なんとか食べられるのはヨーグルトくらいだった。自分でも不思議なほどお腹はすかなかった。躁のときは寝ない食べない疲れない。だから消耗する。

「病気のせいか、病院のご飯のせいかわからん」

「病院食がまずいなんてイメージだけで、最近はそんなことないかと思ってたけどさ……ほんとにひどかったよねえ」

「学食の百倍まずか」

「あの、火曜日の〝麵の日〟、最悪だったな。うどんでもなんでも、麵が水分吸って膨張して、だしなんか全然残ってなかったじゃん」

「チキンソテーもひどかったたい。鳥小屋の臭いがして、脂っぽくてから食べきらんやった」

なごやんが車を浜勝《はまかつ》に入れた。

家畜の餌みたいなご飯に慣れていたあたし達には、ジューシー熱々のとんかつがおいしくておいしくて、食べてしまうのが勿体《もったい》ないような気がした。味噌汁の味も病院とは全然違ってだしがきいていた。ちゃんと、おいしいものがあれば食べられて、味も感じるんだと思った。つやつや光るご飯もお代わりした。なごやんも獣のように食べた。食べ終わってコーヒーが出てくるまであたし達は何も喋らなかった。久しぶりの満足感が全身に染みわたるのが気持ち良くて、コーヒーを飲みながら、あたしも牛みたいに反芻《はんすう》が出来たらなあ、と思った。

「ここまで来たら秋月《あきづき》に寄ろう」

あたしは言った。

「何があるの？」

秋月は毅との最後のデートで来た場所だった。あたしは黒板を消すように毅との思い出を拭き消していかなければならない。けれどもあたし達は逃げ出したんで、思い出を消しに来たのではない。それはわかっているから、なごやんに言うわけにはいかない。

「何もないばってん……行きたいと」

一人では絶対に来たくなかったけれど、一度ほかの誰かと行っておかないと、もう行けなくなるような気がしたのだ。何もないけれど、あたしは秋月のしみじみした雰囲気が好きだったから、捨てたくなかった。

秋月はもう夕暮れに覆われていた。あたしは桜並木の杉の馬場を歩きたいと言った。桜の木は黒々と繁っているのに、涸《か》れたお堀がなんだか悲しくなるような、懐かしいような感じだ。昔の城跡に今は中学校が建っている。学校なのに和風でお洒落《しゃれ》な建物だ。校舎を覗《のぞ》きながら、

「こげな中学やら出たら一生の思い出になるやろね」

と言うと、

「中学の思い出なんて何もない」

となごやんは突っぱねた。すぐ横の立派な石段を上がって古い小さな神社に行って、病気が治りますように、それと見つかりませんように、とお願いした。なごやんは随分長いことお祈りしていた。東京人になれますようにとか、ポルシェに乗れますようにとか祈っていたに違いない。

今頃、病院は大騒ぎになっているんだろうか。親もあたしのことを探し回っているんだろうか。捜索願が出て、ポリが動いているんだろうか。本当に「太陽に吠えろ！」みたいになってしまうのか。パトの数がどんどん増えてカーチェイスになって、行き止まりの埠頭《ふとう》か何かに追いつめられて、なごやんがあたしを人質にナイフを振り回して、拡声器で説得されて、お母さんが出てきて泣いて、とうとうがっくりと膝をつく……。

全然想像できない。ここはのどかだ。

「絶対糸島に行きようよ」

「へ？」

「あたし、海が好きやけんが、糸島半島と鐘崎《かねさき》は絶対探しようよ」

「ああ、そう」

気がなさそうになごやんは言った。

「平戸《ひらど》やら行きたかったあ」

「平戸って長崎だろ」

「うん。だけんね、こっちの方はすぐには探しにきよらんと」

「どうだろ、この先って何があるの？」

「別府かな。あと湯布院とか。南行ったら阿蘇」

「やっぱり阿蘇か……」

「行ったことないと？」

問いただしてみると、信じられないことに、なごやんは九州で楽しいところにはひとつも行ったことがないのだった。

「休みやら何しとったと？」

「普段の休みは寝てるけど、ゴールデンウィークとかは東京」

また東京か。うんざりする。

秋月から甘木に戻りかけて、あたしはふっと寒気のようなものを感じた。こういう勘が当たるかどうかわからないけれど道を左に折れた方がいいと言った。少しでも高速から、街から遠ざかりたかった。道は小石原村《こいしわら》へと続いているはずだった。日が暮れて、真っ暗な山道を走り続けた。

「島田さん怒ってるかなあ。俺のこと心配してくれてるかなあ」

島田さんというのは、Ｃ病棟のキレイ系の看護婦さんで、今年二十七だと言っていた。なごやんより三つも年上だ。根拠はないけれど、多分恋人もいると思う。

「なごやんて島田さんば好いとうと？」

「好きってことはないけど、でも結構タイプかな」

「うっそお。あの人浣腸大好きなんよ」

病院では薬の副作用と慣れない和式のトイレと運動不足で便秘する人が多かった。三日出ないと浣腸と決められていた。島田さんがにこにこ笑いながらきれいな声で「花田さん、今日出なかったら浣腸よ」と言った姿はおそろしくて忘れられない。

「好きなわけないだろ、仕事だからそういうことも仕方ないんだよ」

「あたし島田さんに浣腸されたばってん、する前もした後もぶりぶり嬉しそうで目のキラキラしようったとよ」

「まじかよー」

「まじたい。なごやんは病院戻って憧れの島田さんに浣腸されとったらよかろうやー」

「なんでそんなこと言うんだよ。俺の島田さんを壊すなよう」

なごやんはぷりぷり怒った。


小石原村の道の駅の駐車場の一番隅に車を停めると、

「今日はここで泊まり」となごやんは言った。

「え、車の中で？」

「だって他になにもないだろ」

コンビニで買ったボルヴィックで眠剤を飲んだ後、なごやんはリュックのポケットから煙草を取りだして火をつけた。セーラム・ライトだった。

「なごやん、煙草吸うとね。知らんやった」

「寝る前だけね。これ一本吸うと眠れる。おまじないだよ」

あたしも一本貰って、むせた。

闇の中でエンジンを止めるとさすがに、ちょっと怖くなった。なごやんは仲良しだけれど、やっぱり他人だし男の人でもある。幻聴はなかった。それが救いだった。あたし達は並んでレストを倒した。薬さえ効けば、どこでも眠れてすぐに朝になるんだと自分に言い聞かせた。表情までは見えなかったけれど、なごやんもかっと目を見開いているようだった。

「十時半か」

なごやんが呟いた。

「いつも九時消灯やったもんね」

「みんな寝てるかな」

「あたし達の脱走したこと、なんて言いよっとかいな」

「やめよう。考えてもしかたないや」

沈黙が気まずかった。どうしてこんな場所にいるのか、あたしにもなごやんにも、誰にもわからない。

「なごやん、明日運転教えて」

「え、だめだよ。だめに決まってるだろ」

「自分ばっかり運転しとったら疲れるやろ」

「だって無免許だろ」

「捕まったらどうせ病院送りたい。捕まらん道ば走ったらよか。こげな田舎やったらあたしでもしきるやろ」

それからもう少しぼそぼそ喋って眠った。

明け方三時に目が覚めて、もう眠れなかった。外は明るくてひんやりとしていた。トイレに行って缶コーヒーを買って戻ってきて、それからなごやんが起きるまでずっとあれが聞こえていた。

亜麻布二十エレは上衣一着に値する。

亜麻布二十エレは上衣一着に値する。

亜麻布二十エレは上衣一着に値する。

声に乗っ取られた脳が暴れだしそうで怖くてたまらなくて、なごやんが平和な顔をしてすうすう眠っているのが憎らしかった。

5

自分で言いだしたものの、運転はすごくドキドキした。

なごやんはなかなかいい先生だった。

「じゃあね、右足でブレーキ踏んでサイドブレーキ下ろして。そう。左でクラッチ踏んだまま1速入れて、はい。右後ろ見て。うん、右足をアクセルに移してじわーっと踏むよ。クラッチをゆっくり離して、そう左がクラッチね、オッケー、アクセルもっと踏んで……もうちょっとしたらまたクラッチ踏むよ、あ、ブレーキ要らない、クラッチは一気に踏む、はい2速入れて、ちょっと右にハンドル切って、そう……」

誰もいない道の駅の駐車場で、発進、ギアチェンジ、右左折、停止の練習をしてから公道に出た。

なごやんは辛抱強かった。何度エンストしても、急ハンドルを切ってしまっても決して咎《とが》めたりはしなかった。その場で指示を出してくれた。

「視線はカーブの出口を見るんだよ。そしたらハンドル持ってる手は自動的に動くから」

「ブレーキは最初後ろの車に見せて、二回目は効きを試して、三回目で停まる」

「最初は難しいけど、なるべくミラーを見ながら運転するんだ。ドアミラーとルームミラーと、視線を集中させるんじゃなくて注意散漫な方がいいんだよ」

田舎の一本道だから、あたしは、後ろ来てるよ、と言われるとすぐに左ウィンカーを出して左に寄ってやり過ごすことを覚えた。最初は30キロがやっとだったのが、次第に40キロくらいまでスピードを上げることが出来るようになった。

「君に運転してもらって休むつもりだったんだけどなあ」

結構忙しいやとなごやんは笑った。

「ちょっと休憩」

なごやんはコンビニの駐車場に車を入れるように言った。二回エンストしながら前向き駐車をした。

あたしがコンビニの中でぐずぐずしていると、

「俺、車で寝てるから」

と言って先に出ていったので、急いでパンツを買ってトイレでは穿《は》き替えた。コンビニのパンツは七百円もした。まだ体温の残っているパンツを手に持ってしばらく迷ったけれど、思い切って汚物入れに押し込んだ。

道端にブドウ畑があった。あたしは思わずブレーキを踏んで、後ろの車にクラクションを鳴らされた。なごやんとあたしは目と目を見合わせて、次の瞬間車から出て畑に忍び込んだ。マスカットのつぶつぶを片っ端からちぎり取って口に放り込むと水分と甘味が、盗みの喜びをかきたてた。そうなるともう、止まらなかった。次がトマト畑で、それからキュウリだった。茎は意外に強くて手でちぎるのは大変だった。

「バーベキューセットがあれば、茄子《なす》でもトウモロコシでも行けるのになあ」

キュウリをぽりぽり噛みながら、善悪のみさかいのつかなくなったなごやんが言った。

小さな峠を越えてとことこ走ると、だんだん道は家族旅行で来たことのある耶馬渓《やばけい》の川沿いの風景になった。フロントガラス越しに、赤とんぼがふやふや飛んでいるのが見えて、子供の頃来たときに河原でとんぼを捕ったのを思いだした。

「ねえ、前から聞きたかったったい。なして名古屋弁で喋らんと？」

「『人間の精神は言語によって規定される』って、知らない？　俺は自分の精神を名古屋弁に規定されたくないんだ」

「なんそれ」

「ウィトゲンシュタイン以降の常識だよ」

「誰ねそれ」

「最後の哲学者とも言われててさ、哲学イコール言語ゲームっていう説をたてたんだ。君もそれくらい知ってた方がいいよ」

なごやんは小難しい話になると、嬉しさの余り小鼻がぴくぴく動くのだった。あたしは意味はいまいち判らなくても、それを見るのがおかしかったから、病院のときからわざといろいろ質問していた。

「『語りえないことについては沈黙するべきである』とかさ。これは有名な文句だぜ」

よく判らなかったのであたしはわざと関係ないことを言った。

「そいぎんたは名古屋弁でなんて言うと？」

そいぎんたは佐賀の言葉やからあたしだって普通は使わない。

「そいぎんたが判らないよ。それに俺は方言は絶対に喋らない」

「嘘みゃー」

「みゃーとか言わないよ。まじでさ」

そんな小理屈を言っているなごやんの頭の中に巨大な蚊柱がぶわーっと回っているところを想像した。拡大して見たら何千万もの蚊がそれぞれ「みゃー」とか「りゃー」とか鳴きながら飛び回っているに違いないのだ。そんなことビトゲンなんとかには想像もつかないだろう。泣きながら両手を振り回して頭の中の蚊柱と闘うなごやんを想像したら、笑いをこらえきれなくて、怪訝《けげん》な顔をされた。

「なんでもなか。あたしも名古屋弁が喋れたらよかったろうなって、思っただけばい」

「君はまず標準語を覚えた方がいいよ」

なごやんは冷たく言った。

「喋れるばってん喋らん」

「なんで？　おかしいじゃん」

「あたしには九州の血の流れとってから、それば誇りに思いようけんね。だけん自分の言葉も好いとうと」

「今時、血とかにこだわるってなんか、古くさくない？」

「なごやんこそ東京生まれって嘘ついとったやろ」

「嘘はついてない。東京から福岡に来たのは確かなんだから」

「なして生まれたとこ隠すと？　おかしかー」

「そんなこと言えるのは君が名古屋に生まれたことがないからだよ。だったら一度生まれてみろよ、わかるから」

なごやんは、名古屋の話になると声がカン高くなる。隠しているなら小さな声で話せばいいのに、不思議だ。

「何がわかるとね？」

「コンプレックスの塊《かたまり》だよ、名古屋人は。街だって鎖国してるようなものだぜ。大体あの名古屋弁のまとわりつくみたいな発音が俺には耐えられないんだ。確かに親だって喋るけど、俺だけは違うって小さいころから思っていたよ。早くから家を出たかったんだ。それにあれだよ、名古屋人はさ、東京でバカにされるんだ」

東京人のすることはあたしには判らないけれど、なごやんはどこに行ってもいじめられるんじゃないだろうか。だって、ちょっとからかっただけでイタキモチイイ顔するんだもの。もっといじめたくなる。なごやんは絶対自分では認めないだろうけど、マゾだ。

「いいなあ、渓谷は。俺は海より川の方が好きだな」

「そう？　普通やん」

耶馬渓くらいの景色なら九州のどこにでもあると思う。もちろん嫌いではないけれど、なごやんが言うように頼山陽《らいさんよう》が景色が良すぎて筆を折ったと言うなら、頼山陽はよほど見聞が足りないのだ。

「でももし、俺達がポルシェに乗ってたら目立って仕方なかったな」

なごやんはほっとしたように言った。

「外車がこげなとこ走っとったらすぐみつかるったい。ぼろっちー車でよかったあ」

道の途中で観光看板を見た。「福沢諭吉記念館　直進」と似顔絵付きで書いてある。

「えっ、福沢諭吉ってなんで？」

なごやんが大きな声をあげた。

「万券の福沢やろ、中津《なかつ》出身よ」

「せめて万札って言えよ……」

万券というのは毅の口癖だった。いつの間にかうつっていた。

「でも俺、四年間大学行ってて福沢諭吉が九州出身なんて全然知らなかったよ」

「『天は二物を与えず』って言った人やろ」

「全然違う。『天は人の上に人を造らず人の下に人を造らず』だよ」

「慶応の人ってみんな福沢好きなん？」

「好きってわけじゃないけど、やっぱり偉い人だとは思うよ。せっかく来たんだから一応見ておこうよ」

なごやんは、福沢諭吉が幼年教育用の本に書いた桃太郎批判の話をした。鬼は何も悪いことをしていないのに鬼ケ島に家来を連れて行って鬼の宝を奪うのは侵略戦争だと福沢諭吉が論じた話だった。あたしはそうね、と言ったけれど福沢諭吉が偉いのかどうかはわからんやった。

中津に行く道は開けていたけれど、あるのは斎場ばかりだった。もれなく仏壇屋もついてきた。人なんか少ししか住んでいないのにどうしてこんなに人が死ぬのだろうと思った。なごやんは、

「不吉だ」と呟いた。

福沢諭吉の旧居はおんぼろの藁葺《かやぶ》き屋根の家で、記念館はあたしには退屈だったけれど、なごやんは、

「ほら、これが三田キャンパス、うお、日吉もある、懐かしいなあ」

と、航空写真の前で大騒ぎして満足したようだった。パネル展示には、

「諭吉は大へん晴々とした気持でふるさと中津を発《た》ちました」

と書いてあって、なごやんも名古屋を出るときそんな気分だったのかもしれないなと思った。

記念館の横にちょっとした喫茶店があって、あたし達はランチメニューを眺めた。

「諭吉定食ってなんだろ」

「唐揚げ定食ですって書いてある」

「なんで福沢諭吉が唐揚げなんだよ!」

なごやんは大声をあげた。心底不服そうだった。あたしは笑いだした。

「よかやん、唐揚げ。おいしいやん」

「そうじゃなくてなんで……大分だったらもっとあるだろ、豊後《ぶんご》牛のステーキとかさ、関アジとかさ。諭吉って名前つけるならもっと……」

「万券一枚分のディナーってことかいな」

なごやんは踵《きびす》を返して憤然と車に乗り込んだ。

結局、道の駅にまた寄って、レストランであたしはこれみよがしに唐揚げ定食を食べた。どうやら唐揚げは中津の名物らしかった。

ヒグラシが鳴いて、あたしは胸を締めつけられるような気分になった。あたし達はどこに帰るわけでもない。今日の終着はここで、あとはこの車の中で寝るしかやることもないのだ。静かな夜……と思いきや、大音量でスピーカーから「故郷《ふるさと》」のメロディーが流れた。なごやんがひゃあと叫んだ。

「なんなんだ、脅《おど》かさないでくれよ」

「今何時？」

「九時」

「もう寝なさいってことかいな」

「まさか、病院じゃあるまいし」

病院ではあれほど九時消灯をおかしいと思って、夜更かししたい、と言っていたのに、逃げてきた今、規則正しく九時に寝ようとしているあたし達もおかしい。ああびっくりした、と言いながら薬を飲んでセーラム・ライトを吸った。

薬は効かなかった。普段、早朝覚醒《そうちょうかくせい》はあっても寝つきは悪くなかったので、目が冴えると自分達の行動の異常さ、奇妙さ、罪深さが際立った。本当に逃げて来て良かったんやろうか。あたし達は捕まってしまうんやろうか。眠りの波はしなやかなホウキのようになぜに来て、なごやんをからめ去っていった。うまく掃き寄せられることができなかったあたしは、見捨てられたチリだった。病院に連れ戻されたら個室に入れられて山盛りのテトロピンで固められるんやろうか。そんなことに脅《おび》え、じりじりしながら起きていて、時々トイレに行ったり、道の駅を一周したりして、やっと眠ったと思ったらまた「故郷」が鳴り響いた。朝六時だった。なごやんはずっと前から起きていたような顔をしていた。

6

宇佐《うさ》八幡を過ぎて、国道10号から国東《くにさき》半島に入ると、がらりと景色が変わった。山らしくない、粘土をいい加減にまるめて斜めにくっつけたような形の山がぐるりを取り巻いている。山が傾いているのか地面が傾いているのかわからないが、天地がぐにゃりと歪《ゆが》んでいる感じで落ち着かないのだ。

「なんか、怖くない?」

あたしが言うとなごやんは、半分口を開いたまま頷いた。犬で言ったら尻尾がどんどん垂れてきて後ろ足の間にもう少しではさまってしまう、という様子だった。

「霊感とかあったら怖いだろうな、ここ」

「あるよ」

「ひいっ」なごやんは悲鳴をあげた。

「おるおる、いっぱいおるばいここのあたり。なごやんの肩にも一人乗っとう。あ。今もう一つ来よった」

なごやんは、えええええ、と裏声を出して動物のようにぶるぶる体をふるって、目に見えない霊を払い落とそうとした。

「嘘。そげな霊感はなか」

「なーんだよー」

「幻覚は見えても霊は見えんとよ」

「君は呑気《のんき》でいいよな。俺みたいな繊細な人間にはたまんないよ」

いくら呑気でも雰囲気が変なことはわかる。

「大丈夫。変じゃないとこに行くけん」

方向感覚はまるでできかなかったけれど、観光看板の通りに走って富貴寺《ふきじ》に行った。ここは、あたしの知るかぎり一番いい寺だから、ちょっと自慢したい気分だった。有名なのに全然俗っぽくなくて、山の中に昔ながらにひっそり建っている。野の花の似合う寺なのだ。お堂は上から見たら多分正方形で、角が反りあがった品のいい屋根に特徴がある。お堂の中は暗くて、お香のにおいも上品で、すごく落ち着く。

「優しい仏様やろ」

「天台宗か、天台宗は……うーん」

なごやんは何かコメントしようとしたが思い浮かばなかったらしく、仏像は立って見るのではなく正座して見るものだと教えてくれた。座って見上げると、半眼《はんがん》の視線とぴったり合うようになっているのだと言った。

さっきの変な気分はすっかりなくなって、あたし達は寺の向かいの茶屋に入った。

「何食う？」

「団子汁。こっち来たらいつもそうたい」

「団子汁ってなんだよ」

「味噌味のおつゆに野菜と団子の入っとうと」

あたしは団子汁の田舎《いなか》っぽい、懐かしい味が大好きだけど、初めて食べるなごやんは気にくわないようだった。箸で平べったい団子をつまみあげて、

「団子じゃなくて、麵だろ、これ。麵のできそこないっていうか」と言った。

「それを団子ちうのよ」

「味噌煮込みうどんの、原始的なやつだな」

「味噌煮込みうどんっておいしいと？」

「これより百倍洗練されてるよ。第一、味噌が違う。それにうどんのコシがたまらない」

名古屋のうどんなんて食べたこともないけれど、そもそも洗練なんて、鮮度の低い食材しかない土地の人間がゴマカシで磨いた技術やなかったとかいな。病棟のおじさん達が食べ物談義をするとき、いつもそんなことを言っていた。なごやんはやっぱり名古屋味が好きなのかなと思ったが、名古屋味がなんだかよくわからないし、聞いたらまた小難しいことを言われそうだったから、自分にはおいしく感じる団子汁を最後まですすった。

「磨崖仏見る？」

「マガイブツ？」

「岩に仏様の彫ってあるとたい。確か結構大きかったったいね」

富貴寺から磨崖仏は看板の通りに行くとすぐだった。駐車場に車を止めると、坂道の入り口に竹の杖がたくさん置いてあった。岩で出来た急な石段を杖をつきながら登り始めて、杖って便利だなと思う。すぐに息が苦しくなった。降りてくる観光客がみんな、「こんにちは」と言う。山に来たら、みんな挨拶するんだったと思いだして、こんにちは、と返した。麦わら帽子をかぶったおじさんがすれ違いざまに、

「イガムシには気をつけりぃよ」

と言った。イガムシが何かはわからなかったが、気にとめず、はあい、と言って登り

続けた。

「もうやだ。俺、登山やる奴の気持ちがわかんないよ」

途中で足を止め、ぜいぜい言いながらなごやんが言った。

「俺は富士山好きだけど、絶対登ろうとか思わないね……何時間もかけてよくやるよな、第一苦しいじゃん」

「磨崖仏はすぐそこたい」

あたしはそう言って先に歩き出した。なごやんは不満そうについて来た。

石段を登りきると突然目の前が開けて、正面の灰色の岩壁に彫られた巨大で不機嫌な磨崖仏があたし達を見下ろしていた。ぱっと見たところ、まるでセメントで型をとって岩にくっつけたみたいに精巧だった。横には少し小さめの、やさしい仏像が彫られている。大きい磨崖仏はちょっとは怖いけれど、鼻の穴が大きくてのんびりしているようにも見えた。

「へえ、不動明王と大日如来だって。九百年前って、すごいなあ」

なごやんが看板を読んで感心した声をあげた。磨崖仏の前は住宅地の小さな公園くらいの空き地になっていた。ベンチに腰を下ろして汗を拭った。

「誰もいないや」

「雨？」

見上げると、曇った空から大粒のスコールが降ってきた。次の瞬間、あたしは自分の目を疑った。びたびたびたっとすごい勢いで降ってきたのは水滴ではなかった。勾玉《まがたま》の形をした透明なものだった。柔らかくて冷たいゼリービーンズみたいだった。腕やふくらはぎや、Tシャツにも張り付いて、地面に落ちても広がらない。ナメクジの大群が空から降ってきたのだ。

「うひゃあ」

なごやんが叫んだ。

「花ちゃん、血！」

立ち尽くしたなごやんの頬にも腕にもナメクジがびっしりついていて、どす黒く変色し始めていた。あたしは必死で顔や首筋から一匹ずつ引き剝《は》がそうとしたが、ぬるぬるしてつかみにくいし、のびるのでなかなか剝がれない。やっと剝がすと血がたらっと流れて指を伝った。指でつかんだのを苦労して地面に振り落とすと、赤黒く膨れたナメクジが地面の上でまるまった。

「ナメクジやなか。ヒルたい！　吸血ヒル！」

「ひいいいいっ」

なごやんは、悲鳴を上げながら転がるように石段を駆け降りて行く。あたしも懸命に後を追いかけた。坂道は濡れていて、何度も滑った。顔や膝からはヒルに噛まれたところから汗に混じった血がぬらぬらと流れる。遥か下の方から、なごやんの、

「ヤマビルだ、ヤマビルじゃなかったら日本住血吸虫《にほんじゅうけつきゅうちゅう》だ」

という叫び声が聞こえた。

「ツツガムシかもしれない！」

まだ言っている。往《い》きはふうふう言っていたくせによくもまああんな勢いで叫べるものだ。足元が怖くてあたしはついて行けない。

「ツツガムシ病の病原体はリケッチアからオリエンチアに名前が変わったばかりなんだっ」

「なごやん、待ってよう」

遅れて駐車場に飛び降りると、白のルーチェが猛スピードであたしの目の前を通り過ぎ、タイヤを鳴らしながら坂を下って行くところだった。

「嘘っ」

と叫んだが、砂利の敷かれた駐車場には車は他に一台も残っていなかった。あたしは、こんな、何もないところに見捨てられて立っていた。

腕を見るともうヒルは一匹もくっついていなかった。あれが「イガムシ」だったのか。顔をタオルでこすったが、血もついていなかった。腕にも、どこにも吸血ヒルはついていなかった。嘘のように消えてしまった。何が嘘だかわからないくらいあたしはひとりぼっちになってしまった。空は曇っていた。竹藪《たけやぶ》でホーホケキョが鳴いた。驚きが徐々におさまると、この場であたしはどうしていいのかまるきりわからなかった。誰も来ない。小さな売店は閉まっている。定休日なのか、それともずっと閉まっているのかもしれなかった。

なごやんは、逃げた。あたしを置いて逃げた。

こんな、誰一人こないような山の中に置き去りにしていくなんてひどすぎる。一人で山を降りたら何時間かかるのだろう。どうやってこの半島から出るのだろう。お金もそんなに持っていない。どうしたらいいのだろう。

亜麻布二十エレは上衣一着に値する。

一人になるとあの声がつけ込んでくる。不安がつのる。

亜麻布二十エレは上衣一着に値する。

ルーチェは低い音をたてて戻ってきた。なごやんが助手席に身を乗り出して窓を開け

て、

「ごめんごめん、びっくりしてさあ」

と言った。その瞬間怒りが爆発した。

「びっくりしたって、なんね？ ぐらぐらこくばい！ それが男んすることね？ きゃあきゃあ騒いで、人を見捨ててからくさ、こげなところでどげんしたらいいと？ ええ？」

なごやんは静かにドアを開けて出てきて、あたしの前に立った。

「ほんとごめん」

長身のなごやんに見下ろされるのがまた、腹が立った。全身が熱くなった。

「自分が何してるか、まるでわからなかったんだ。あんな……あんな恐ろしい環形《かんけい》動物に襲われてさあ」

なごやんは本気でびびっていた。表情は固まって、声は煙草の灰のようにもろかった。しかしあたしの怒りはゆるぎなかった。

「それが言い訳ね？ あんた自分勝手なだけやろ。何やっても謝れば済むて思いよろうが。ぶりばりむかつくったい！」

「だって謝るしかないよ」

「好かん、いっちょん好かん、あんた死んでよか」

あたしは怒鳴った。口がからからになった。

「我を忘れちゃったんだ。ごめん。もう絶対こんなことしないから」

「信じれん。あんた好かん！」

後ろを向くと、コカ・コーラの自販機があった。なごやんを完全に無視して、羽虫の死骸のたくさん入り込んだ自販機でコーラを買った。今はもう、なごやんとルーチェが後ろにいるのにあたしはさびしくて、自分が可哀想になって、ぼろぼろ泣けてきた。上を向いて、洟《はな》をすすった。コカ・コーラの炭酸に涙の味が混じった。


この恐ろしい半島を出るために車に乗ると、激烈な頭痛に襲われた。石ころが頭の中でごろごろ擦《こす》れ合うような苦しくて重い頭痛だった。何も考えられなくなった。「アタマイタイ」と言って、それが精いっぱいで助手席で耐えていた。なごやんは何度も、やべっ、と叫んで車を切り返していた。

「おかしいな、ここってさっきのとこ？」

なごやんは、Uターンするたびにますます方向が判らなくなるようだった。あたしは頭を両手で抱えた。山の形は奇怪で、道はぐねぐね曲がっていた。気分がとても悪かった。あの声が、すごいハイテンポで聞こえた。

亜麻布二十エレは上衣一着に値する。亜麻布二十エレは上衣一着に値する。亜麻布二十エレは上衣一着に値する。

国道10号に出るまで一時間以上かかったような気がする。車の列の中に入ると頭痛は去った。

やっぱり九州では国道3号と10号は別格だ。北九州と鹿児島で円弧を閉じる大動脈なのだ。いつも、熱くて強く鼓動している。

「別府って書いてあるけど、そっち行ってみる？」

なごやんが遠慮がちに言った。

「うん。気持ち悪いけん、温泉入りたか」

「別府の温泉って地獄って言うんだよな」

「地獄ばってん天国よ」

別府まではすぐだった。ユニクロに寄って、あたしはブラジャーと三枚千円のパンツと、スウェットの短パンを買った。小さなトートバッグも買った。お金がないからそれだけにした。

それから竹瓦温泉《たけがわら》に行った。木造の古びた建物で、お寺とか、昔の小学校とかを連想させた。女湯の暖簾《のれん》をくぐると、すぐそこが脱衣場で、階段を降りたところに石造りのセピア色のお風呂場があった。U字形に作られた古い浴槽《よくそう》に、温泉がこんこんと湧いている。

タオルと新しいTシャツをなごやんに借りたけれど、石鹸もシャンプーも何もなくて、困ってお湯ばかりかぶっていたら隣にいた浅黒い肌の痩せたお姉さんが自分のを貸してくれた。ありがとう、と言うと、カタコトの日本語で、

「彼氏ト来タ？」

と言った。別に本当のことを言わなくてもいいと思って、

「うん」

と言うと、にっこり笑ってくれた。

熱いお湯の中でぐうっと手足を伸ばしていると、ヒルに食われた忌《い》まわしい記憶がさらさらと清められていくような気がした。あれは本当のことではなかったと思いたかった。天井は高くて、ずっと上まで格子の入った窓で、半地下なのにいい光の加減だった。

なごやんには言いすぎた。何をしたにせよ、ちょっと言いすぎた。人に死んでよかな

んて言う権利はあたしにはない。人から言われる筋合いがないのと同じだ。あとで、上がったら謝ろうと思った。しかし、そう思っているうちにのぼせてしまった。みるみる気分が悪くなってきて、這うようにして脱衣場まで上がり、だんだん暗くなる視界の中で体もろくに拭かずに新しいパンツを穿いて、なごやんの匂いがするTシャツを着たところまでしか覚えていない。

気がつくと、広間の畳に寝かされていた。起きようとすると、

「まだ寝てなよ」

となごやんの声がした。しばらくすると、お風呂で一緒だった外国人のお姉さんが冷たいおしぼりを作ってきてくれた。なごやんがお姉さんにお礼を言って、それをあたしの額にのせてくれた。

「俺テレビ見てるから、もうちょっとじっとしてな」

あたしは目を閉じた。テレビからは相撲をやっている音が聞こえた。

やっと体力が回復して、10号線に戻った。どっか泊まろうかと言ったけれど、また温泉というのも嫌だったし、他にはさびれたビジネスホテルしかなくて入る気がしなかった。大分市内から竹田に向かう道は真っ暗で、ライトに照らされる道端の藪以外何も見

えなかった。きっと大自然の中なのだと思った。あたしは風景を想像して言った。

「明日は阿蘇の見えるとよ」

「えっ、もうそんなとこまで来てるの？」

なごやんは地図を見ない主義のようだった。青看板のままに走っているだけで全然現在位置を把握していない。

「阿蘇は世界一よ」

「だって日本一は富士山だろ」

「富士山はただ高いだけやろ。阿蘇は想像できんほどでかいとよ」

「へえー、でも富士山はきれいだもんね。日本一きれいです」

なごやんは無意味に勝ち誇った。明日になればわかることなのに。

「名古屋から富士山て見えると？」

「見えない。でも俺の東京の下宿のそばからよく見えたよ」

「はーん」

なごやんはどこまでも東京オタクだ。東京人になりたくて、富士山を信仰しているのだ。英文科にはよくペラペラ喋れて原語で何でも読めてアメリカ人になったつもりのバカがいるけれど。

7

道の駅で目が覚めると、なごやんは先に起きていた。そして、

「眠れなくてつらかったよ」

と言った。

あたしはなんて気持ちのいい朝だろうと思った。昨夜《ゆうべ》は暗くて何もわからなかったがいつの間にか阿蘇の景色の中に入り込んでいたのだった。濃ゆい緑のかたまりが散らばっていて、あとは明るくも萌《も》える草の色だ。二つの緑の中にやわらかい形の山々がくるまれている。

「大観峰《だいかんぼう》行こうよ」

「どこ？」

「外輪山で阿蘇が一番すごく見えるとこ。絶対見らんと損するけん」

それから、どうせ通り道やし、とあたしは言ったが、どこへ行くための通り道なのか

はさっぱりわからなかった。

大観峰の駐車場に並ぶ色とりどりの車の中にさりげなくルーチェを割り込ませて、あたし達は家族連れに混じって外輪山から突き出した岬のような展望台へと足を早めた。岬の突端からは、下方に広がる平野と正面にそびえる阿蘇五岳、そして全体を囲む外輪山が三百六十度見渡せる。とにかくでっかいのだ。

「うおおお、これ全部阿蘇か」

なごやんが声をあげた。阿蘇を見るとなんで「うおお」と言うのだろう。それはきっと、もしも万が一、山々が喋るとしたら「おおおお」とか「ずおおお」とかそんな音を出すからではないだろうか。意味はわからない。山の考えようことは、はかりしらん。

「向こうのうすーく見える山、あるやろ。あそこまで外輪山。全部が山やったのが噴火して吹き飛んでカルデラの出来たったい」

「外輪山ってほんとに全方向にあるんだ」

「そうくさ」

「どんだけでっかかったんだ」

「わからん。見ても想像できん」

「中は平らなんだなあ」

外輪山に囲まれた平野にはきっちりした田畑があり、ところどころに硬い芯の鉛筆で精密に描いた設計図のような街が広がっている。田んぼに雲の影がだんだら模様に映り、阿蘇五岳はそれぞれけぶっていたり、噴煙を上げたりしている。突き当たりは南側の外輪山でもうその外に時間があるとも思えないのだ。

なにもかもゆるやかだ。平和だ。

まわりの観光客もみんないい表情をしている。街みたいにぎすぎすしていない。ふと横を見ると、スキンヘッドのやばそうなお兄さんが派手なお姉さんと手をつないでにこにこしている。

「俺、自分のものさしが全部おかしくなった気がするよ」

阿蘇の前ではみんな自分が小さくなる。

「それが阿蘇たい」

「火口はどれ？」

「多分あれ、あれが中岳」

「行こう」

いつになく強い口調でなごやんは言った。

「火口は綺麗じゃなかよ」

「いいよ。見てみたいんだ」

大観峰から遠目に見る阿蘇は大好きだけれど、実はあたしにとって阿蘇というのは子どもの頃からちょっと怖い場所で、なぜかと言うと子供会とかでキャンプに行くたびに根子岳《ねこだけ》の化け猫に追い回される話を聞かされて育ったからなのだ。お陰で何度も大きな猫に食い殺されそうになる夢を見た。火口はもっと直接的に、見た目が不安なんだけれど二十歳をすぎてこの九州初心者を前にそんなことを言っているわけにもいかない。病気の不安に比べたら火口の不安なんて小さなものだ。

大観峰を降りるとき、向こうからパトカーが来るのが見えた。

「ひっ」となごやんが小さく叫んだ。

「普通にしとらないかんよ。怪しまるるよ」

何事もなくパトカーは通り過ぎた。大観峰で道は行き止まりなのに、何しに来たんやろうか。あたし達を捕まえに来る以外、何の目的があるんやろうか。息抜きやろうか。

「火口、どげんする？」

これを機会にもう一度聞いた。

「俺、行きたいんだ」

「火口も行き止まりよ。ポリがおったら一発よ」

「大丈夫だよ。さっきのパトカーだってのんびり走ってたじゃない。俺達のこと、気付いてないんだよ」

なごやんは喉元過ぎたら熱さを忘れるタイプだった。

「おお、牛がいるよ。あ、黒いのもいる」

なんてのんきに言いながら軽快に車を飛ばしている。

「高原っていいなあ。そうだ、飯食ってくか」

いつお巡りが来るともわからない草千里《くさせんり》レストハウスに車を入れた。あたしはびくびくしていたが、

いきなり団子

と、看板が出ているのを見た途端、不安など全部ふっとんだ。

「いきなり団子たい!」

ああ、懐かしい。あたしのラスト阿蘇で食べそこねたいきなり団子、ここで会ったが百年目という感じなのだ。好きと言いそびれたまま別れてしまったボーイフレンドのように愛しいのだ。あたしはそう言ってまくしたてたのだけれど、なごやんはぽかんとしていた。無理もない、食べてみらなわからん。

「一体なんなんだよ」

「いきなり団子は、サツマイモと餡の入ったお饅頭よ。中身の甘さと皮の塩気が、『いままでなかったこんな味』って感じなんよ。熊本来たら辛《から》し蓮根《れんこん》げな食べんでもよかけん、いきなり団子食べな」

説明するのももどかしく、あたしは一個百円のいきなり団子を五個買った。

「なんで『いきなり』なんだよ」

なごやんはいぶかしげに言った。

「さあ、知らんばってん、いきなりサツマイモが出てきて嬉しい出会いがあるからやないと？　これ頂上で食べよう。まだ熱々たい」

「なんだよ、団子汁とかいきなりとか、どれもこれも全然ほんとの団子じゃないじゃん」

「この辺ではなんでも団子ちうとよ」

「おいしいの？」

「ばりうま！　高級じゃなかばってん、懐かしい味のするっちゃんね」

あたしは他のものには目もくれず車に戻り、なごやんは「飯はー？」と言いながらしぶしぶついてきて、その割には結構飛ばして頂上を目指した。

車を降りた瞬間、硫黄《いおう》の臭いが鼻をかすめた。さっきまでの緑の景色とうって変わって赤茶色と灰色の岩や砂礫《されき》がむき出しになった荒々しい世界が広がった。

「グランドキャニオンみたいだな」

「グランドキャニオンは煙やら出さんやろ」

すり鉢状の火口の周りに半円形を描いて集まっている人々は米粒のように小さい。遠い葬列のようだ。半円の火口からは白い煙がもうもうと噴きだしている。不安をかきたてるように風が鳴るが、それ以外の音はしない。

心細い。

「あれ、なに？」

「トーチカちうて、噴火した時逃げるとこ」

何が怖いってコンクリートで出来た円形のトーチカが怖かった。こんなところに避難して溶岩や噴煙を避けるなんて想像しただけで恐ろしかったし、トーチカという名前からして非常事態という感じがする。なごやんは不思議そうに中を見に行って、なんにもないんだ、と言った。防空壕みたいなもの、とあたしは見たこともないくせに答えた。

火口が見えるところまで暫《しばら》く歩きながら、観光客の中にいれば誰にも見つからんめい、と思った。犯罪者は人ごみに身を隠すと言うではないか。

風向きが変わると煙が違う方向に流れて、ごろごろした岩や砂の傾斜のずっとずっと下に広がった平らな岩のところにある丸い池のようなお釜が見える。モスグリーンのあふれんばかりの液体をぽこぽこと沸騰させている。緑色でも溶岩なのだろうか。あたし達のいる場所より遥か下の方で距離感もわからないので実際のお釜の大きさはよくわからない。

「俺さあ、阿蘇の火口に身を投げようかって思ったことあるんだよね」

視線を下に落としたままなごやんが言った。

「なして？　いつ？」

「最近」

あたしは驚いてなごやんの顔を見つめたけれど、なごやんは何も言わなかった。

「最近て、逃げ出すときとか」

あたしはどきどきして来た。高宮の駐車場から車を出すとき、旧3号線を走っているとき、野宿で眠れず目を見開いていたとき、なごやんが死ぬことを考えていたなんて。それなのにあたしは「死んでよか」と言った。なんてひどいことを言ったんだろう。

「でも、ここから飛び降りるのは無理だな。見てわかったよ」

なごやんは、にっこり笑って言った。

「一瞬の苦痛ならいいと思ったけどさ、ここは絶対痛い。下に行くまでに怪我して血だらけになっちゃうよ」

安直に死にたいと思う人間は、あたしも含めて痛いことが大嫌いだ。

「途中でひっかかってから、きゃあ助けてって言うとやろ」

「俺、きゃあなんて言わないよ」

「言いようよ、毎日」

なごやんは再び火口を深刻な顔で見ていたが、

「こんなの、信じらんないよ」と言った。

「世界に一ったい」

何が世界に一つだったかは忘れたが、胸を張った。

それからぐるりと歩いて、阿蘇の神様の伝説を書いた看板の前で立ち止まると、なごやんが「おかしいよ」と言った。

「普通はさ、神様が火の玉を投げたら山になりましたとかだろ。ここは神様がやって来て阿蘇の開拓をしてここの人達の祖先になりましたって、じゃあ、天地創造は誰がやったんだよ」

そんな大きなこと言われても困る。あたしはトートバッグからいきなり団子を取りだして、なごやんに差し出した。

「もう、気持ちの方は大丈夫なん？」

なごやんは黙ってあたしの手から一つ奪い取って、乱暴にほおばった。そして団子を口の中に入れたまま、

「旨くねえじゃんよ！」と上を向いて叫んだ。

「うそー」

あたしは懐かしく食べた。芋がほくほくしてたまらん。

「大体、形もみっともないしさあ。ただ芋が入ってるだけじゃん」

「『なごやん』よりおいしかよ」

「食ったことないくせによく言うよ。『なごやん』の方が上です」

「『なごやん』のことになると必死やね」

あたしが笑うとなごやんは、むうと唸って宣言した。

「これから花ちゃんのこと『いきなり』って呼んでやる！」

そして残りのいきなり団子をむしゃむしゃ食べてから、なごやんは火口にむかって大きな声で、

「あー何もかもばかばかしいや」

と言って笑った。あたしもつられて笑った。

「これだよ、これポルシェ。カレラ4。かっこいいだろ」

駐車場に戻ると、なごやんがルーチェの隣に停めてある黒の筑豊ナンバーを顎《あご》で指して言った。

「カエルのごたあ顔しとう」

「わかってないなあ」

あたしは、ルーチェの運転席に乗り込んで、ハンドルが思いきり切ってあることも考えずにそのまま発進した。クラッチを離しそこなって急発進になった。なごやんが「きゃあああ」と叫ぶのと、ガガガガ、というびっくりする程大きな音がしたのは全く同時だった。

エンストして止まったルーチェは黒いポルシェとぴったりくっついていた。どうしようと思ったけれど、エンジンをかけ直してアクセルを踏むと、さらにものすごい音がしたので、慌てて反対にハンドルを切った。２速に入れて右を見ると、ポルシェのドアに大きな凹《へこ》みがあり、ドアミラーがちぎれてワイヤーでぶらさがっていて、それがどうやらあたしのしでかしたことらしかった。

「花ちゃん、いいから逃げろ！」

なごやんが叫んだ。あたしは頷く暇もなく駐車場を出てどんどん坂を下り、分岐で、来た方と違う道へと向かった。一目散に逃げた。車は下り坂で勝手に加速して、カーブをふくらみまくりながら曲がった。真っ暗な鼓動に支配されてしまう躁のように危険だった。見かねたなごやんが、

「まったく、俺が見てなきゃだめなんだなあ」

と言って、運転を代わってくれて、ルーチェは今度は巧みなハンドルさばきに応えて一路逃走した。対向車は数えるほどしかいなくて、前にも後ろにも車はいなかった。

「火口でさあ、ヤクザっぽい人いたじゃん、きっとあいつのだよ、やばいよ、捕まったら半殺しにされる。……ドラム缶にコンクリ詰めになって別府湾に沈められるかもしれない」

なごやんはぶつぶつ言っていて、あたしはいつまでも怖くてドキドキが鎮まらず、汗がだらだら流れているのに手足が冷たかった。こんな最悪の状況なのにThe ピーズは、
　　出来るだけ無理してでも同じトコにいよう

やっとハッピー　文句ねえ　張り切ってしまえ

と明るく歌っていた。

「なごやん、ごめん」

「え？」

「下手くそでから、車ぶつけてごめん」

「俺のメルセデス？　全然問題ないよ。傷なんて勲章だよ」

なごやんは言った。

「それにさ、君は下手くそじゃなくて、それ以下なの。無免許なんだから」

「だけん、ポリにつかまったら余計怖いったい」

「捕まらなきゃいいのさ」

あたしはなんだか、しゅんとしてしまった。南阿蘇なら筑豊ナンバーは追って来ないだろうか、きっと来ない。ヤクザは鬼の形相で福岡と熊本を探すだろう。

南阿蘇の南にはなにがあるかわからない。多分、何もない。南しかない。

あたしは消耗していた。残っている力も、自分を消すことでぴったりなくなりそうやった。そのちょっとだけの力で逃げ続けるのはつらい。でも、帰ったら今までに犯した罪の償いと、それから周りの連中の質問攻めと、医者からの叱責《しっせき》を受けなければならない。何もわかっていない人達と、嫌なことばかりの現実に耐えられる力はもうどこにもないような気がした。

車は速度を落として、小さな踏み切りを横切った。

「これ、どこ行く電車？」

なごやんがぼうっとしたような声で聞いた。

「さあ、どこも行かないっちゃないと」

阿蘇の南側がどこかとつながっているとは思えなかった。忘れ去られた小さな集落では、どの家も低い石垣の上にこぢんまりと建てられていて、敷地の隅には光を引き裂いたような赤や黄色のカンナが咲いていた。細い道の突き当たりに東屋《あずまや》があるのが見えて、

「公園かな」となごやんが言った。

「さあ」

近くの道端に車を停めて降りると、東屋の下は石で四角く区切られた泉になっていた。踏み石があって、泉の中に立つと水草がきれいに揃って水の流れになびいていた。

東屋の天井からはひしゃくがぶらさがっていた。

「湧水《ゆうすい》だ」

なごやんが言った。

「これって飲んでよかってことやね」

冷たい水は鎖骨《さこつ》の裏に染みるようにおいしかった。あたし達はひしゃく一杯の水を飲み干すとにこっと笑った。

8

頭の中でわらわらと人が起きてきた。病棟の朝のようなのどかな風景じゃなくて、悪寒がするような、嫌な感じだ。ずっと起きていた奴もいれば、まわりにつられて起きた奴もいる。メンバーはいつも一定していて、顔かたちも声もわかるんだけれど名前がわからないからあたしは名前のかわりにAとかBとか呼んでいる。

Eは小さな女の子で、人形を抱いて泣きじゃくっている。癇癪《かんしゃく》を起こしている。うるさくてかなわない。それをFという三十歳くらいのおばさんが宥《なだ》めようとしている。あたしが一番恐れているのはBで、背の低い筋肉質の男だ。

「殺さないとだめだ」Bが言った。

「でも、あいつが死んだら俺達はどうなるんだろう」

Cが言った。スーツを着た気の弱そうなおじさんだ。

あいつというのはあたしのことだ。あたしを殺す相談をしているのだ。

「自殺に追い込みさえすれば俺達は助かる。事故とかはだめだ」

Bが答えた。Hは眼鏡をかけた書記で、ずっとノートに議事録をとっている。

「あいつに生きてる価値なんてないのよ。もう早く殺《や》ってよ!」

Fがヒステリックに叫んだ。Eは泣きやんでいる。Aはずっと眠っている。Dは黙っている。

「とにかく少しずつ追い込むことだ。今はいいところまで来ている。この前のような失策は許されない」

Bが言った。

「逃げれば逃げるほど追いつめられる」

Gの声がした。Gはいつも声だけで、姿は見えない。

もうやめて、消えてほしい。あたしが乗っ取られてしまう。自分の中なのに、自分がどこにもいない。あたしは自分の声を探す。けれどだめだ、みつからない。

強い幻覚はそれが去ったとき、生きるのがとてつもなく億劫《おっくう》になることを予感させた。そして、それこそがやつらの思う壺なのだった。

亜麻布二十エレは上衣一着に値する。

亜麻布二十エレは上衣一着に値する。

わかったのはそれがGと同じ声ということだけだった。

亜麻布二十エレは上衣一着に値する。

Gはもうずっと前から、現実に、はっきりした意識の表面に出て来ているのだった。

リンゴを食い破って出て来た虫のように。

一日が長い。いつまでたっても昼すぎだ。車は広いバイパスを高森の方へ向かっていた。

「なんかもうだめ。ぞくぞくしてきたと」

「躁の症状?」

「うん、うまく言えないばってん」

「昨日は眠れた?」

「三時間くらい、すぐ目の覚めた」

「眠かったら寝てもいいよ。シート倒してもオッケーだし」

亜麻布二十エレは上衣一着に値する。

「ううん、興奮してから眠られんと思う。ばりつまらんことに腹かいてから、もし今ここにケータイあったら、片っ端から文句言ってやりたい人のいっぱいおるったい。ずっと会ってないような奴にも『もうあんたとは会わん』ってわざわざ電話ばしてから言いたいと」

「躁がおさまったら後悔するよ。ケータイなくてよかったな」

亜麻布二十エレは上衣一着に値する。

「ここから出してくれーって言うとっと」

「誰が？」

「脳みそが。頭ん中入りきらんごとなって」

「うーん、俺にはわかんないけど、大変だなあ、躁って楽しいと思ってたら大間違いなんだな」

「躁も辛いとよ」

「うん」

「なんかなんか、強烈なんよ。もてあましとって、居場所のなか感じ」

「とりあえず俺達逃げてるんだからさ、ここにいたらいいよ」

「ここって、どこ？」

「車の中。今はここが居場所なんだよ」

優しい言葉なのに通じない。響かない。

亜麻布二十エレは上衣一着に値する。

「うわあーって叫びたくなってもよか？」

「三回までなら許します」

なごやんは口だけで品のいい笑い方をした。

「暴走列車になったごた気のするったい。自分でブレーキの効かんでから、下り坂を降りていって脱線するんやないかって」

「三鷹《みたか》事件みたいだな」

「なんそれ」

「ＧＨＱ統治下で起きた事件だよ。無人電車が夜中に走り出して脱線したんだ。下山《しもやま》事件と松川事件っていうのが同時期に起きたんだけど三つとも迷宮入りになって、結局解明されてないんだ。いろんな説があるんだけどね」

なごやんの小鼻を見ると、やはりぴくぴくしていた。けれどあたしにとってそんな昔のことはどうでもよくて、今の自分が何より心配なのだった。

「あたし、しゃーしかろ？」

なごやんは答えなかった。どんな答が返って来たって、あたしはもっと突っかかるだけだっただろう。それこそが、しゃーしい、ということで、うるさいというのでは感じが出ない。なごやんが黙っていたのは、しゃーしい、が判らないのか、それとも本当にしゃーしいと思ったのか定かではない。頭の混乱はおさまらなかった。気の持ちようじゃ何もならないのだ。薬を飲んで嵐が去るまで待たなければいけないのだ。薬だけでは治りませんよ、と医者は言うけれど、その援護射撃がなければ、一人っきりで闘う力はもう残っていないのだ。でもリーマスは手元にない。あったとしたって胃腸薬みたいにすぐには効かない。もう物事の判断はつかなかった。あたしは伸び切ったゴムで余裕なんか少しもなくて、たとえば皮肉を一つ言われただけでもぶち切れてしまいそうなのだった。


亜麻布二十エレは上衣一着に値する。

亜麻布二十エレは上衣一着に値する。

「薬が心配やね」

「ロヒプノールがあと三錠しかないんだ」

「メレリルも欲しか」

「こんな山の中じゃどうしようもないだろ」

バイパス沿いの大きなドラッグストアになごやんは車を停めた。欲しい薬が売っていない薬屋なんか行く気もしなくてあたしはレストを倒して亜麻布二十エレと闘いながら寝ていたが、なごやんはずいぶん長いこと戻ってこなかった。

戻ってきたなごやんは嬉しそうに買い物を見せびらかした。

「見てよこれ。クーラーボックス買ったよ、氷も。あとはさ、ハサミだろ、ロープだろ、カッターだろ、マヨネーズだろ、シャンプーとボディシャンプーだろ、それとほら、花火」

シャンプー以外は病院に持ち込みが禁じられているものばかりだった。あたしはいぶかしく思った。

「なんにすっとね？」

「野菜を盗むときにさ、あったらいいだろ。あと俺、洗濯したいんだよ、すごく」

「花火は？」

「花火は夜やろうよ、どうせ退屈なんだからさ」

草千里で食べなかったから今頃お腹がすいている。早速人のいない畑を探して、トマトとキュウリをいくつか盗んで食べて、ペットボトルに汲んであった湧水を飲んでお腹をがぼがぼにした。残りはクーラーボックスにしまった。

高森町の役場でトイレに行った。役場の駐車場から出たところであたし達は「猫山メンタルクリニック」という怪しげな看板をみつけて顔を見合わせた。なにあれ？　この場所で猫山なんて信用できるか？　と言いあううちに看板に導かれて杉並木の道を奥へ奥へと入り、やがてあたし達は猫山医院の前にいた。

それは明治時代から大きなピンセットで取りだして、この杉の林の中にちょこんと置いたような白い洋館だった。上が半円形になっている木のドアを開けると、白い壁のホールに赤いビロードのソファだけが置かれていた。ソファの向かいのすりガラスの窓が内側からざらざらと開いて、キツネ目のお姉さんが、「こんにちは」と言った。窓が小さいからキツネ目しか見えない。彼女も猫山さんなんだろうか。

保険証……と言われて、なごやんが大きな声で「忘れました！」と言うと、それがなに、という感じで名前と住所を書かされた。なごやんは島田大介、島田清美と嘘を書いた。ぱっと頭に浮かぶのはやっぱり「島田」なのか。もっと想像力を使ってかっこいい名前にして欲しかった。住所は福岡市中央区赤坂で、どうも会社の住所の近所らしかった。待合室にはほかに誰もいなかった。

やがて診察室の奥から「どうぞ」という深くて低い声がした。あたし達は診察室に入った。白衣を着た大きな人がこちらを向いている。頭はくしゃくしゃで、ベートーベンみたいだ。猫に似ていたら笑ってしまうだろうなと思っていたが、猫どころかライオンだ。

よろしくお願いします、となごやんが言って、あたし達は先生が座っているのと比べると随分小さな椅子に並んで腰をかけた。

ライオン先生はあたしをじろり、なごやんをじろり、と見た。濃い眉を上下に二往復させて、それから、

「脱走兵か」

と、轟《とどろ》くような声で言った。この人と山の頂上で喋ったらやまびこがうるさくて仕方ないだろうなと思った。

「いえいえ、引っ越してきたばかりで保険証がまだ……それでこれは妹で」

なごやんが何か言えば言うほど嘘っぽくなる。誰が見たって嘘とわかる。ライオン先生は言った。

「儂《わし》も脱走しようとしたことがある。こないだの戦争のときだな」

そして、かんらかんらと笑った。あたし達もしょうがないからしょしょしょと笑っ

た。

「脱走出来たんですか」

「出来たら生きていないだろう。伝令に行った先から逃げようとして、悩みに悩んで結局帰ってきたんだが、帰営時間を過ぎてしまったんだな。鉄拳制裁だよ。二晩営倉にぶち込まれたなあ。あれは辛かった」

「そうだったんですか」

「まあ軍隊なんていうのはそんなところだ。よしんば逃亡に成功していてもみつかったら銃殺だろう。幸いだったのは戦地に行かなくて済んだことだ。輸送船が来なくてなあ、大方南方で撃沈されたんだろう、待っている間に終戦になったよ。終戦の後がまた大変だ……」

いつまでたっても本題に入らない。

ライオン先生の身の上話を聞きながら、あたし達は生きていけるんだろうか、と思った。亜麻布二十エレは上衣一着に値する。亜麻布二十エレは上衣一着に値する。亜麻布二十エレは上衣一着に値する。汗が首を伝ってTシャツの中に入る。あたしは気がついたら喋り始めていた。

「先生あたし躁の時幻聴があるんです。幻聴が来ると躁が悪くなって何するか判らないんです。亜麻布二十エレは上衣一着に値するって、毎日毎日そればっかりでわけわからないんです」

「なんて聞こえるって？」

「亜麻布二十エレは上衣一着に値する、です」

ほう、と先生は言った。それから雀が巣を作りそうな頭をぐしゃぐしゃとかきまわすと、

「『資本論』だね。昔はリンネル二十ヤールだった。尤《もっと》も儂が読んだのは戦後だいぶたってからのことだがね。そうか今はまた訳が変わっているのか」

と、人の気も知らずに懐かしんだ。

「先生あれが聞こえると困るんです。それに幻覚はもっと怖いんです、口に出せないくらい。先生メレリル出して下さい」

「幻覚はどういう症状かね？」

「いろいろです。沢山頭の中に人がいていろいろ喋るから怖いんです。言うともっとやられそうで怖いです」

「メレリルを飲めば消えるかね？」

「幻覚は消えます。幻聴は消えないです」

躁ならリーマスも処方しようね、三食後と寝る前、とライオン先生は言った。テトロピンのことは言わなかったのですごくほっとした。ライオン先生はテトロピンが悪い薬だと判っているような気がした。

「眠剤は何が効くかね？」

「ロヒプノールとレボトミンです。でも早朝覚醒があります」

「ベゲタミンは飲んだことあるかね？」

「ベゲＡは前に飲んでいてすごく効いたんですけど出してもらえなくなっちゃったんです」

ライオン先生はいたずらっ子のような顔をした。

「いっぺんに飲んだね？」

あたしは思わず頷いてしまった。なごやんが、まずいよというように肘《ひじ》でつついた。

「兄さん、彼女から目を放さないで福岡まで連れて帰ると約束してくれるかね」

先生はなごやんに言って、なごやんはおどおどと頷いた。

「もうガス抜きは十分だろう。大人しくお帰りなさい」

「はい」

と、あたしは言い、少し遅れてなごやんが、

「連絡したりしませんよね」

と言った。先生はまたかんらかんらと昔話に出てくる鬼のように笑って、

「そんなことをしてどうなる」と言った。

それからなごやんが自分はもう殆どいいんだけれど、へなちょこ薬と眠剤は絶対必要ですと言った。

先生はなごやんの発病からの経過と処方された薬についてじっくり聞いた。

「睡眠は、どうだね？」

「寝つきは前よりいいんですが、明け方に目が覚めるととても不安です」

「なるほど」

「……実は、ちょっと前までは自殺してしまった方がいいんじゃないかって思ってて……」

するとライオン先生は、

「甘ったれるんじゃないっ」

と、一喝した。あたし達はびくん、とした。でも、先生が怒鳴ったのはその一言だけで、すぐに元の声に戻って、

「鬱の治り際は、案外長いから気をつけないといかん。何事も決めず焦《あせ》らずのんびり

だ」

と言った。それからしばらく沈黙があって、ライオン先生は、「お大事に」と渋い声でまとめた。

薬局が近所にあるのかと思ったら、キツネ目のお姉さんが会計と一緒に出してくれた。見ると成分は同じだけどメーカーが違う、いわゆるゾロ薬ばかりだった。診察料は恐ろしく高くて、なごやんに払ってもらった。

車に乗ってすぐにメレリルとリーマスを飲んだ。薬を数えると、一週間分しか処方されていなかった。ケチだなあと思っていると、なごやんがけろりとした顔で言った。

「君さあ、ちゃんと標準語喋れるじゃない。しかも敬語」

「当たり前くさ」

「どうする？　先生の言った通り帰る？」

「帰るわけなかろうもん」

そんな気持ちは全然なかった。猫山医院は、あくまで薬の補給基地なのだ。だからといって目的地なんかない。あたし達は二人とも、糸の切れた凧《たこ》なのだ。

高森の駅前の古い食堂で冷やし中華を頼んだ。なごやんは車からマイ・マヨネーズを持ってきた。そしてお好み焼きにでもかけるように、うず巻きの形に絞った。

「君もかけるだろ？」

「信じれん。冷やし中華にマヨネーズかけると？　気色わるかー」

「えっ？　普通やらない？」

「名古屋人はみんなそげんことすっとね？」

言われてはじめてなごやんは、名古屋だけじゃないと思うけど、と自信なさげに呟いて冷やし中華をすすっていたが、急に鬼の首をとったような顔をして、

「なんだよ、九州の奴は皿うどんにソースかけるくせに」と言った。

「パリパリやきそばのソースと酢はふつうばい」

「そっちの方が絶対おかしいよ。冷やし中華のマヨネーズは全然フツーです」

マヨネーズをかけなくても、冷やし中華が食べれんやった。何かを口に入れるということそのものに違和感があった。二口食べて箸を置いた。なごやんがおいしそうに麺をすすっているのが気に入らなかった。

「食べないの？」

あたしはふてくされて伸びた爪を見ていた。マニキュアがしたいと思った。ビビッドな色がいいなと思った。

もてあましていた。興奮しているのにひどく気分が悪かった。目の前の食べ残しの皿とか調味料の瓶とか隣の椅子を床に叩きつけたかった。でもそれはできない。その次に破壊するものは自分しかなくなってしまう。亜麻布二十エレは上衣一着に値する。亜麻布二十エレは上衣一着に値する。

なごやんはあたしが苛立っているのを知っていた。

「散歩でもしておいでよ」

そう言って、自分はコーヒーを頼んだ。冷やし中華にコーヒーげな！

「キーちょうだい。車に戻るけん」

「いいけど」

なごやんはポケットに手を突っ込むためにわき腹を伸ばしながら言った。

「エンジンかけないって約束してよ。俺だってここで置いていかれたら困るからね」

「あたしのこと、疑っとうとね」

なごやんは露骨に嫌な顔をして立ち上がった。レジには誰もいなかった。店の人は奥に入ってしまっているのか、出てくる気配もなかった。

「ね、逃げよう」

亜麻布二十エレは上衣一着に値する。逃げるのに理由なんていらない。

あたし達は冷や汗を流しながら抜き足差し足店を出て車に乗り、ルーチェは罪を重ねて猛ダッシュした。またやってしまった。

「今度は食い逃げかよ。俺達捕まったら懲役何年になるんだよう」

と、なごやんが泣き声を出した。

「それに俺のマヨネーズが……」

「しゃーしかねえ、また買えばよかろうもん」

「もう帰れないよなあ」

なごやんは諦めきった顔をした。青看板が近付いて来て、あたしは言った。

「どこまで行くとかいな」

答のないことは判っている。言ってみたかっただけだ。

「知るかよ、君が言いだしたんだよ」

なごやんが細い目になってつんけんするので、あたしは低い声で、まっすぐいこ、と呟いた。この車にも慣れてきた。あたしの脳にはキョクアジサシのように南へ行く、ということだけが刻み込まれていて、それ以外に正しいことは何一つないように思われた。

9

少しだけ運転が上達した。４速まで入れられるようになった。峠はなごやんの担当だけど、よく考えたらもともと車だってパソコンやケータイと同じで、人間が使うように出来ている。本物の教習を受けて運転免許が欲しい、と思った。トンネルをくぐるともう、街の景色は欠片《かけら》もなかった。高森が最後の街だったのかもしれない、もしそうだったとしても、何も間違っていないと思った。

ゆるやかなカーブをいくつも抜けて、完全に外輪山の外に出た。目の前には未知の山々が連なっている。高い山はないけれど、越えても越えても緑のうねりがどこまでも続きそうだ。これが、「逃げる」ということなんだろうか。知らないところへ、誰も知らないところへ。

「阿蘇の向こうに何かあるなんて考えたこともなかった」

「あれ、ひょっとして霧島?」

「まさか。そげん近くなかよ」

森と道以外、何もない。人間の住んでいる気配がまるでない。

「でもさあ、なんで『資本論』なんだよ」

あたしはシホンロンの何たるかを知らなかった。不思議な中華味がしそうな大きくて美しい鳥が「シホンロン」と鳴く姿が浮かんだ。

「知らん。なしてやろ」

「君って経済学部だったの？」

「ううん、英文科」

「じゃあ『資本論』なんて読まないでしょ」

「シホンロンて何？」

「共産主義の教科書だよ。俺も全部は読んでない。マル経でやっただけ」

「マルケーって何？」

「マルクス経済学。でもなんでだろうな。謎だなあ」

「モトカレが経済学部やった」

と、言い終わるやいなや、じゃあ読んでるんじゃない、つまんねーの、と大きな声でなごやんは言った。

「これで判ったから幻聴でないようになるだろ」

「理由よりメレリルの方があてになると」

そのことは経験から知っている。医師にも、「原因があって発病する人となくても発病する人がいて、あなたの場合は後者だから過去を振り返るよりこれからの生活のしかたを考えましょう」と言われたことがある。

しかし、あたしは『シホンロン』なんて本、読んだことがあるんだろうか。あげな不気味な文章やら覚えとらん。毅はそんな難しそうな本をあたしにすすめるような奴だっただろうか。もう毅のことは忘れようと思うと、余計に「精神病」と言われたことが気になって頭から離れなくなった。

「精神病って彼氏作ったらいかんとかいな」

「なんで？」

「精神病って判ったとたん、振られたと」

「そうなんだ」

「ふつうにしとったのに」

「判らないんだよ。病気じゃない人には」

「そしたら、病人は病人同士しかつきあえんくなるごたあ」

「それは極論だよ。それに健康な人同士だって分かりあえるわけじゃないもの。ヘーゲルだって言ってるよ」

「なんて言いよっと？」

あたしはなごやんの小鼻を見た。

「人間の欲望は他者との相関性にしかないって。自分の意志とか思考が純粋に存在していないのだから他者とわかりあうことを想定すること自体が間違ってるんだってさ」

「いっちょんわからん」

「まあ、ヘーゲルなんかどうでもいいんだけどさ、人は見たいようにしか見ないんだよ」

「未遂したら友達やらちょっとしかおらんくなった」

「大丈夫だよ。精神病くらいでいなくなる友達なんか、遅かれ早かれ別れる運命だったんだよ」

友達、と言ったけれどなごやんが毅のことを言ってくれているのはよくわかった。でも躁鬱が世間にばれたら、もう彼氏が出来るかどうかわからない。

「なごやんは彼女おっとね？」

「大学の時はね。でも遠恋《えんれん》になってダメになったから、彼女は俺が発病したことは知らないと思う」

「やけん東京に帰りたいと？」

「そうじゃないよ。俺はただ単に東京が好きなだけ」

「東京のどこがそげんいいと？」

「って言われるとなあ。店とかたくさんあるし……あと、情報量？　映画でも本でもなんでもあるからなあ」

想像の大都会の景色のなかでなごやんを追ったが続かなかった。なごやんを見失うと、亜麻布二十エレは上衣一着に値するが聞こえてきた。いつまでこの声は聞こえるのだろう。いつまであたしはこの病気とつき合わなければいけないのだろう。あたしはやっぱりテトロピンを処方してもらった方が良かったんだろうか。ぐったりするような劇薬を飲まなければならないほど、いけない病気なんだろうか。

「ねえなごやん、悲しかね、頭のおかしかちうことは」

「ラベンダー……」

ふいに、なごやんが言った。

「いいらしいよ、ラベンダーの香りって落ち着くんだって」

「……そうなん？」

「ふたりで、探そうよ」

ふたりで、というのは初めてだった。薄い紫の靄《もや》がかかった遠い高原を、花を摘みながら歩く二人の姿が、浮かんだ。胸の奥がシクッとするような気がして、あたしはなごやんの横顔を盗み見た。

すてきだなあ、やさしいなあ、あるかなラベンダー。

10

真昼のさなかにクーラーが効かなくなった。車内がむわーと熱くなった。暑いじゃなくて熱い。なごやんは車を停めてボンネットを開け、腕を組んで立っていたが何もわからなかったようでボンネットを閉めると、

「要するにクーラーが壊れたんだな」

とわかりきったことを言った。

「なしてこの暑いときにクーラー壊れると？　こんボロ車！」

「俺の車にケチつけるなよ」

「ボロやけんボロって言っただけばい」

「だからさあ、暑いんだから怒らない、ね」

「暑いけん腹かきよっと」

「腹立ててもいいから黙ってろよ。また興奮したらまずいだろう」

「好かん」

　スタンドでガスを入れるとき聞いてみたが、うちではちょっと、と若いお兄さんに言われた。

「会員やったらJAF呼んだらどうですか」

　それこそ、居場所がばれてしまう。満タンにしてすぐにスタンドを後にした。

「コンプレッサーじゃないといいけどなあ」なごやんが言った。

「コンプレッサーってなん？」と聞くと、

「車の部品」と言った。バカにしとう。

「したらずっとこの暑い中で逃亡すると？」

「しょうがないだろ」


「もう、いいからさ、高速乗ろうよ。捕まらないよ」

　道の単調さになごやんは辟易《へきえき》した様子だった。

「高速は山の向こうったい」

　なごやんはうんざりした顔で溜息をついた。

「マツダのディーラーないのかなあ」

「こげな道にあると思うと？」

「ないよなあ」

国道265はどんどん細くなっていった。センターラインもいつの間にか消えてしまった。なごやんは、向こうから車が来るたびに、上手にバックして広いところまで戻ってすれ違いをした。「離合《りごう》」というのだと教わった。

夜になってから椎葉《しいば》村に着いた。小さな村で、酒屋はあったけれどコンビニはなかった。定食屋はあったけれど、ディーラーなんてあるわけがなかった。もう車中泊は嫌だ、とあたしが言って、なごやんもそれに同意して飛び込みで旅館に泊まった。宿帳にまた嘘の名前を書いた。今度は佐藤和男と道子だった。なんか年寄りくさい。センスない。

疲れがたまってきていた。ずっと車で暮らして体も痛かった。何もする気が起きなくて、和室のあっちとこっちで足を投げ出して放心していると、夕飯のお膳が運ばれてきた。奥さんご飯足りんかったら言って下さい、と女将《おかみ》さんに言われてびっくりした。奥さんなんて呼ばれたのは生まれて初めてだったからだ。ビールを飲んだらすぐに酔いが回った。食欲は感じていなかったのに、やまめの塩焼きや冬瓜《とうがん》の煮浸《にびた》しは食べだしたらしみじみとおいしかった。なごやんはあたしより後までビールを飲みながらちびちびつついていて、一度、テレビをつけようとリモコンを持った手を伸ばしかけたが、やめた。部屋にユニットバスもついていたけれどあたしは大浴場に行った。タイル貼りの大浴場には、しわくちゃのおばあちゃんが二人、乳を垂らして半身浴をしながら老いらくの恋についてこてこての宮崎弁で語り合っているだけで、あたしは一人でじっくり身体を洗った。お湯から上がって部屋に戻ってくると、布団が敷いてあってなごやんが眠剤を飲んでいるところだった。あたしが眠剤を飲むと、なごやんが黙って小さな電気だけにして、同時に反対の側からそれぞれの夏掛け布団にすべり込んだ。真っ暗闇にはもう飽きた。弱い黄色の電球の光に照らされて天井の四隅がきちんと見える。ああ、お部屋はいい。お布団はいい。もう車中泊はたくさんだ。あたしに必要なものが判った。自由と布団と少しのお金だ。

外の虫の声が冴え渡った。

「なんしか、きょうだいみたいやね」

あたしは言った。

「言葉の違うきょうだいかよ」

「でも、してもよかよ」

「いかんがあ」

「なして?」

「恋人じゃない人としたらいかんて。俺じゃなくても、誰とでもそうだからね」

「うん」

あたしはただ、こんなに幾晩も一緒にいて、男と女なのに一度もさせてあげなかったら可哀想かな、と思っただけだった。でもなごやんはほんとのお兄ちゃんみたいに優しい声でおやすみと言った。

あたしは糊のきいたカバーの感触を楽しむために鼻の上まで布団をずりあげて、少しの間、笑いをこらえていたけれど、眠剤を飲んだ後だったから、今言わないと一生忘れてしまうかもしれないと思って布団をはいだ。

「あのくさ」

「……眠剤……効かないの?」

薄い闇の中から眠たい声が返ってきた。

「なごやん、さっき名古屋弁喋りよった」

「ひえええええっ!」

なごやんが、ぎょっとするほど大きな声を出して飛び起きたので、あたしはけたたましく笑いだしてせっかく眠剤から吸いだした眠気がふっとびそうだった。

「う、嘘だ。俺なんて言った?」

「『いかんがあ』って」

あたしは「か」に力を入れて名古屋弁を真似した。

「あっちゃー」

部屋が暗くて、なごやんの口惜しい顔がよく見えないのがすごく残念だった。笑いをこらえて、また笑って、そんなことを繰り返すうちに眠ってしまった。

久しぶりのたっぷりした眠りだった。早朝覚醒はしなかった。

「きゃあああ」

と言う声で目が覚めた。あたしが起き上がると、もう辺りは明るくて、なごやんは弱々しく、

「あぁ…ぁ」

と叫び声の余韻をやっていて、見ると布団から腰を浮かせていた。あたしと目が合うと、

「なんでもない、寝て、寝て」

と言った。大体何が起きたかわかったので、向こうを向いて寝てあげた。なごやんが慌てて布団をあげて、それを押し入れにがさがさ押し込む音の後にばたばたとユニット

バスに閉じこもる音がした。シャワーの音がしている間にあたしは起きだしてさっさと着替えた。

なごやんはいつもの格好に着替えて何食わぬ顔でユニットバスから出てきた。そして窓のそばで余裕をかまして髭さえ剃ってみせた。

「しかぶったとね」

「何？ 意味がわからない」

「しかぶるっち、寝小便することたい」

するとなごやんは耳まで真っ赤になった。

「気にすることなか。薬の効きすぎたったいね」

「おまえも『しっかぶった』ことある？」

なごやんは低い声でおかしな博多弁を使った。それにおまえ呼ばわりだ。しかぶってから、「君」なんて気取ったことを言えないのだ。

「二、三回あるよ」

「……嫌になるなぁ……大人になってからこんなの初めてだよ」

「それだけ病気が良うなったってことたい。普通の人が眠剤飲んだらみんなそうなるて」

しょんぼりしてしまったなごやんを横目で見ながら、歯ブラシに歯磨き粉をつけて、

「まりかぶらんだけよかやないと？」と言った。

「なんだそれ」

「しかぶるじゃない方」

「すごい言葉だな。まりかぶる!?　どんな字書くの？」

「字は知らん」

「『そいぎんた』よりすごいな」

それは全然意味が違うのだが説明するのも面倒なので、ユニットバスに戻ってガシガシ歯を磨いた。

11

道が広くなっていたのは椎葉村のところだけで、後は執拗《しつよう》に狭かった。なごやんがクラクションを鳴らしまくるので、どげんしたと、と聞くと、警笛《けいてき》鳴らせの標識がどのカーブにもあるのだと言った。これまであたしは標識の意味なんか一度も気にしたことがなかったことに今さらながら気付いた。見ると、どの標識も赤黒く錆びていた。車幅ぎりぎりの道は、ぼろぼろの舗装の真ん中が割れていて、細い草が一列に育っていた。なごやんは中央分離帯って言うんだぜ、と言い、へえ、とあたしが信じると、嘘だよと言った。道の脇の片側は、自然に土と混じっていて暗い森が道路際まで押し寄せて来ていた。反対側は岩のはみ出す崖だった。「落石注意」の看板が出ているだけのことはあって、本当にメロンパンくらいの落石が至るところにあった。あたしには到底無理なので、ずっとなごやんが運転した。景色のいい場所で車を停めると、山の向こうもずっと山が連なっていて、椎葉村は遠くに爪の端ほどに小さく光を反射していた。それ以外に、人の作ったものは何一つ見当たらなかった。

「いつまで続くんだよこんな道」

なごやんが最初にそう言ってから、何時間もそんな道は続いた。

「これって林道かいな」

と、言うと、なごやんは吐き捨てるように、

「国道265号線だよ。最低国道だ」

と断定した。それから、コクドウのコクは過酷の酷と書くんだと言った。

「車が来ないからいいようなもののさ、一体どこで離合すんだよな。トラックなんか来たら一巻の終わりだよ。どうしようもない」

しかし、いくらぶつぶつ文句を言っても道はよくならなかった。国道標識の下についている地名もいつまでたっても尾股《おまた》から変わらなかった。誰も住んどらん地名げなと思った。国道265は山を登ったり、沢に降りたりしながらくねり続けた。

悪路の連続であたしは車に酔ってしまった。どこでもいいけん停めて、と言うとなごやんは、もう少し道が広くなったら、と言って、川沿いのまっすぐなところで車を左側に寄せた。あたしはレストを半分だけ倒して気分が治るまでじっとしていた。風ひとつなかった。こんなときに幻覚が来たら終わりだと思った。なごやんはリュックを背負っ

て川の方へ降りていった。

ようやく回復して河原へ降りていくと、なごやんはへっぴり腰で青く澄んだ川に入ってしかぶったパンツその他もろもろの洗濯を試みていた。川岸の木には準備良く物干し用のロープがくくりつけてあった。Tシャツにボディシャンプーをこすりつけてせっせともみ洗いをして、濯《すす》ごうとしていた。一歩踏み込んだ時、なごやんは足を滑らせて川にはまった。あたしは笑い声をたてたけれど、なごやんは立ち上がろうとしてもう一度滑り、きゃあっ、という声を残して深みにはまった。

流れから頭を出したり水没したりしながらなごやんが叫んだ。

「花……ちゃー……」

「俺、カナヅチ……」

その後、ぶぼっと言って手を水面から突き上げて、そういうむちゃな動きをするからまた沈んで、見えなくなった。

なごやんは流されてしまった。

あたしは慌てて車に乗ってエンジンをかけた。助けなきゃ！　なごやんが死んでしまいよう！　先回りしようと思って、アクセルをべた踏みした。今までで一番速く走った。川は道に沿って深い谷になっていて、降りて助けられそうな場所がなかなかなかった。カナヅチだなんて！　いまどきカナヅチなんているんだ。信じれん。九州に来る資格ないよ。夏なのに、糸島や平戸が待っているのに、泳げないなんてばかばい！　初めてのひとりきりの運転に全身の毛が逆立つような緊張が走りそれがなごやんへの腹立ちと心配と交じり合って、実際大した時間じゃなかったかもしれないけれど、すごく長い距離に感じた。走っているうちに川幅が広がったのが木の陰から見えた。砂と小石が混じった砂州が伸びていて、流れはゆるそうだった。河原へ降りる釣り人の道を見つけたのであたしは急ブレーキを踏み、エンストして止まった車のサイドブレーキを思い切り引いた。一旦逃がしたら本当に終わりだ、一刻の猶予《ゆうよ》もなかった、砂利道を走り降りて、５センチくらいの厚さの板をワイヤで留めただけの簡単な橋をぐらぐら揺らしながら途中まで渡り、砂が多そうなところを狙って飛び降りた。そこは川の真ん中で、仁王立ちになってパンツぎりぎりまで水に浸かって待っていると、水に抵抗することをやめたなごやんが白目を剝《む》いて流れてきた。片手をつかまえ、肩に手をかけて思い切り引きずった。なごやんは「痛い痛い」と叫びながら、自力で立とうとして、また川底の石についた藻に滑った。

あたし達は濡れねずみになって石ころだらけの河原に転がって息を整えながら、しかし動悸がおさまってしまうと、何をしていいのかさっぱり判らなかった。ジーンズが重ったるくまとわりついて、日の当たるところだけがぬるくなって気持ちが悪かった。

「……あー、水飲んだ」

「ばかっ」

「Tシャツ、流されちゃった」

「Tシャツなんかよかろうもん！」

「まあ、海じゃないから、いつか助かるだろうとは思ってたけどさ」

そう言うとなごやんは急に咳き込んで、川下の方にゲロを吐きに行った。

なんで素直に、助けてくれてありがとうと言えないんだろう。あたしはちょっとむかついた。その一言さえあればあたしだって、なごやん死ななくて良かったね、って言えて、ほっとできるのに。なごやんが死んでしまったら、あたしはもうどうしていいか判らなかっただろう。

あたしは車の中で濡れた服を着替えた。それから改めてなごやんと一緒に洗濯を始めた。流れは早くなかったが、今度は目を離さなかった。いつまでもパンツやブラジャーが恥ずかしいとも言ってられない。堂々と、木の間に張り直した紐にかけた。なごやんもしかぶったパンツを堂々と干した。靴だけはいつまでたっても乾かなかった。

あたし達はろくに口もきかず、洗濯物が生乾きになるまでそこにいて、あとは灼熱の後部座席に無造作に服やパンツを放り込んで悪路へと復帰した。

長い間走った後、久々に路面にセンターラインが引いてあるのを見たときは、二人でわあ！　と叫んだ。なごやんは一気に4速まで入れた。それは、田代八重《たしろばえ》ダムにかかる橋のたもとまで続き、トイレも自販機もない小さなパーキングエリアがあった。東屋があって、ダムの説明が書いてあった。ダムは半分くらい干上がって、黄色い土がむきだしになっていた。むごたらしい眺めだった。あたしは福岡の人間だから渇水《かっすい》に特別神経質なのかもしれない。

青看板には、綾《あや》からダム沿いに宮崎へと続く県道への分岐が出ていた。

「宮崎って、行ったことある？」

「なかよ」

「クーラー直しに行こうよ」

しかし、分岐をダム沿いに左折すると狭い道にばかでかい電光掲示板が現れ、

災害復旧工事のため全面通行止め。バリケードあり。12月まで。

と太い、赤い文字で書いてあった。なごやんは地図を見て、

「まあしょうがないな、県道62ってもう一本似たような道があるはずだ」

と言って何度も切り返してUターンをかまして国道に戻った。

「もし62号がだめでも、どうせまっすぐ行ったら小林だよ」

自信たっぷりに、何の問題もない、と笑ってみせたのに、十五分も行かないうちに立て看板が出て、国道265自体が、

路肩崩壊　全面通行止め。当分の間。

になってしまった。

「どういうことだよ！」

なごやんが叫んで、その後長い長い沈黙があった。

「よっぽどひどい雨の降りよったごたあね」

ダムは涸れているのに、どうして道が通行止めなのかわからない。水は全部流れてしまったのか。

「62号にも入れないじゃないか。なにが国道だよ、バカにしやがって」

「怒っても仕方なか」

「怒ってるもんか。俺はなあ、名古屋のことはちっともいいと思わないけれど、インフラ整備だけは素晴らしかったと思うよ。戦後すぐに道路計画が出来たんだ。だから100メートル道路なんてあるし、そんなのが目立たないくらい栄や名駅《めいえき》だって四車線とか五車線の道が整備されてるんだ。あれだけはすごい」

こんなところで、そんなことを言っても何もならないのだった。こんなときにあたしは久しぶりの空腹感を、それも鋭く差し込むような差し迫った空腹感を覚えた。残る道は、熊本県の多良木《たらぎ》方面に行く道かあたし達が来た悪路を引き返すかの二つに一つしかなかった。

「えびの通って鹿児島行くと?」

「もうこうなったら、どんな道を通ってでも宮崎に行ってやる」

なごやんは歯ぎしりしながら言った。

「霧島には温泉があるとよ」

と、あたしは言ったが、なごやんは意地になっていた。

「エアコンが先だろ。もう宮崎って決めたから宮崎」

「これから行くと?」

もう、日はとっぷり暮れていた。ヒグラシさえ鳴きやんだ。

「無理かなあ」

車内灯を点け、地図を眺めながらなごやんが悲しげに言った。

「今日は無理ばい。ずっと山道でから疲れとろうが」

あたしも峠ば運転できたらよかったのに、とつけ加えるとなごやんは鼻で笑った。

「何言ってるんだよ、無免許のくせに」

安全なのは田代八重ダムのほとりの、東屋のあるパーキングだけだった。またしても車中泊となった。暗闇に少し目が慣れると、あたしは黙って車から出て、背の高い草の中にずんずん入っていって、後ろを確認してからジーンズとパンツを下ろしてお尻に突き刺さろうとする堅い草をかき分けてしゃがむとおしっこをした。

「腹減ったなあ」

なごやんとあたしは、電気のない東屋で、懐中電灯をはさんで向かい合って座った。クーラーボックスには、水しかなかった。今日通った道には野菜を盗もうにも畑さえなかった。

「肉が食いたいなあ。野菜とか川魚とかそんなんばっか。老人じゃねえんだからさあ」

「なんでもいいけん食べたか」

「おまえは『いきなり団子』さえあればいいんだろ」

「日向地鶏《ひゅうがじどり》の食べたか」

「いいなあ、俺も肉だったら鶏が一番好き」

「ケンタッキーでもよか。この道にないとかいな」

「こんなとこ『注文の多い料理店』だってないよ。大体、今日対向車と何台すれ違ったよ？　ひょっとして丸一日走ってて誰とも会ってないんじゃないか？」

なごやんの丸一日からは既に、自分が川で溺れて半日以上無駄にしたことがそっくり抜け落ちている。

「塩サバの食べたか。塩サバと熱いご飯と明太と味噌汁」

「腹減るからよせよ。もう食い物の話禁止。水はまだあるんだから」

その水だって、この暑さではいつ腐ってしまうかわからない。濁ったダムの水は飲みたくない。

「水と薬だけなんて水耕栽培みたいやね」

せめてこんな、何もないところならすかっと晴れて満天の星でも見られればいいのに、空はうっすら白く曇っていた。つくづくついてない。カエルが、聞いたこともない甘い声でコロコロと鳴いた。

「真っ暗やね」

と、あたしが言うと、なごやんが突然目覚めたように立ち上がって、

「花火しようぜ」

と言った。そう言えば高森でなごやんが調子にのって買い込んだ花火セットがトランクに入っていた。都会でしたら子どももしか喜ばないようなちゃちな花火も、闇のなかでは妖しく美しく、鮮やかな炎を噴き出した。ライターの火は手が熱くなるので二人で火をたやさないように花火から花火へ移しあった。最後は、嫌というほど線香花火があって、あたしが三本いっぺんに火をつけて大きな玉を作ろうとすると、なごやんに勿体《もったい》ないと叱られた。

しゃがんで線香花火を見つめながら、明日はどうなるんだろう、と思った。

わからん。

これからどうなるんだろう。

わからん。

花火が全部終わると、紛《まぎ》れていたさびしさが一斉に襲いかかった。

「全部俺がいけないんだ」

あの声が来る前に眠ろうとしていると闇の中でなごやんが言った。

「そもそも俺が君のことを止めないといけなかったのに、軽率に車なんか出して、余計君を帰れなくさせて……挙げ句の果てに今ここ、どこだよ……こんなわけのわからないとこにいて……それに無免許運転までさせてる。捕まったら大変なことになるよ……きっと君のご両親は俺のことを殺したいくらい憎んでるはずだ。俺は帰ったら人さらいだ。誘拐事件だ……復職出来るかなあ。だめかもしれないなあ……やっぱり警察に呼ばれるのかなあ……」

人が黙っていればぐちぐちぐちぐちいつまでも言うのだった。ただでさえ、汗で体中べたべたしているのに、なごやんがぼやくと湿度が上がる。あたしは、シートを起こして言った。

「そら大事《おおごと》やね。デパス飲みない」

「もう飲んだよ」

ピリピリした声だった。あたしはシーブリーズを首筋と腕に塗り付けて団扇《うちわ》でばたばた煽《あお》いだ。そうでもしていないと、こんな蒸し暑い夜はやってられない。

「なんでも薬で解決できると思ったら大間違いだよ。そこが一番間違ってる」

「でも、薬飲まんと治らんけん」

「飲んだって治らないじゃないか」

「いつかは治るばい。テトロピンだけは嫌ばってん」

「おまえはさあ、逃げる逃げるって何度も言ってるけどさあ、逃げるどころか、どんどん南へ南へ走って、逆に追いつめられてるだけだぜ？　……なんで本州の方に行かなかったんだろうな……そうか太宰府で高速乗るつもりだったんだ……なのにこうなっちゃったのか……それに、ねえ、あれだよ、逃げて何の解決になるんだよ」

「プリズンにおったら、余計キチガイになっとったよ。今の方がまだましたい」

「だからって逃げ続けるのかよ。薬なくなったらどうすんだよ」

なごやんの声は金切り声に近かった。

「どこからも逃げられないじゃないかよ！　道だってないんだ」

泣くんじゃないかと思った。

「なごやんだって元は名古屋から逃げたっちゃないと？」

自分の声がいつもより低い。不思議なことになごやんが熱くなるほど、冷静になる自分がいた。こんな冷静なのは久しぶりだ。テトロピンよりよく効く。痒くもならないし、あれも聞こえない。

「うるさいよ！　俺は逃げたんじゃなくて名古屋を捨てたんだ」

「逃げることは出来ても、逃げ切るなんてしきらんよ。地球にいたら地球に閉じこめられてるのと一緒たい」

「またそうやってわけのわからない話するぅ」

泣きが入った。

「宇宙に逃げようとしてから、ぴょーんち飛び跳ねても、重力で戻ってくるやろ、でもそんなことする奴はキチガイやろ。でもあたしはそのキチガイで、なごやんも同類よ」

あたしは殆ど何も考えていなかった。自動ピアノのハンマーが弦を叩くように支離滅《しりめつ》裂《れつ》な言葉が発音されていくだけだった。あたしは冷静ではあったけれど、決してまともなわけではなかった。それを自覚していた。

「ボラ、みたいなもん？」

樋井川の河口に、でっかい身体で水の中から飛び上がってはぼちゃっと落ちるボラの姿が浮かんだ。飛び込みの経験から言うとあれは相当痛いはずだ。でもボラは鈍いから感じないのかもしれない。痛くても飛ばずにいられないのかもしれない。理由はボラに聞いてみなければわからない。

「うん。多分ボラと一緒」

なごやんはそれから暫く黙っていたが、

「……ガソリンあんまりないんだよなあ、いつまでもつのかなあ。こんな山の中でガス欠になったらどうしようもないよな……熊とか出ないだろうな……俺達がこんなに腹ぺこなんだから熊なんかもっと……クーラーさえ直ればなあ……」

と、またぐちぐち言い始めた。あたしは目を閉じた。

やがてなごやんは今日一日分喋り終わったみたいに黙り込み、それが本当の一日の終わりだった。あたしは真っ暗な眠りの中にすとんと落ちた。

12

前途は絶望かと思われたが、翌朝、熊本県内に入ると道は格段に良くなった。どこに行くつもりなのか、離合する熊本ナンバーも出てきた。川沿いの道をどんどん下っていくとミキサー車が何台か停まっているセメント工場があって、その片隅にスタンドを見つけたのでガソリンを入れた。スタンドと言っても臨時の出張所みたいなところで、自販機ひとつない。

「小林にはどうやって行ったら早いですか？」

おじさんはスタンドの横の細い道を指して、

「こっから抜け道のある。多良木からだと遠回りになるばい」

と言って、珍しそうに名古屋ナンバーを見た。

「名古屋からな」

「ああ、はい」

なごやんはなげやりに言った。東京からとは言わなかった。

「椎葉から宮崎に抜けようと思ったんですけれど」

「難儀したろ、ひどか道で」

おじさんは笑ったが、なごやんにいつもの愛想はなかった。のんびりガソリンを入れているおじさんに向かってキンキンする声で言った。

「ここ、どこなんですか一体」

「ツキギ、キヘンにキソクのキにキて書くたい」

おじさんは難しい説明をしてからセメント工場の看板を指さしてみせた。

「この辺て、物食べるとこやらなかですか？」

あたしは口を挟んだ。

「小林まで行ったらなんでんあろうが」

ガソリンが満タンになって、あたし達は結局どこだかわからない槻木を後にした。

一時間も走らないうちに景色が開けて、田んぼが広がった。人間が植えたものはいい。稲はもう十分に育って、青いながらも稲穂をつけている。もう少ししたらこのあたりは一面金色になる。そしておいしいごはん。お腹がすいた。その向こうに本物の霧島を見た。農家を見た。信号機を見た。道と車があちこちから集まってきて小林の街になった。確かに街だった。けれど時を忘れてしまったような、日に焼けて色褪せた、二階建て以上の建物が殆どない街だった。日用品を売っている店はひなたの物置みたいで、あたしはなんだかがっかりした。ガソリンスタンドの原色だけが浮いていた。

みるみる空が暗くなったと思ったら通り雨が来て、さあこれで涼しくなるぞう、となごやんはにこにこしたけれど、窓を閉めきった車内は逆に不快指数ががんがん上がって、他人同士の汗の臭いが混じって、たまらず途中で引き返した。日向地鶏は諦めてジョイフルに入って雨がやむまで時間をつぶした。あたしはハンバーグを、なごやんはミックスフライを食べた。不機嫌だった。それでも、久しぶりの食事だった。なごやんが、トイレ大丈夫、と聞いたけれどあたしは何度もドリンクバーに行ってアイスコーヒーをお代わりした。こげな田舎やったら何度でも草むらでおしっこしちゃあ。知ったことかと思った。

雨上がりの風は、期待したほどではなく、生ぬるく車内を吹き抜けた。

「そろそろ運転代わろうか、この道なら大丈夫だよ」

なごやんが言った。

「なごやんの方が上手やけん、なごやんが運転したらいいったい」

「君さあ、俺が何百キロ運転してるのかわかってんの？　『ありがとう』とか『ごめんなさい』とかどうして言えないわけ？」

なごやんはまたヒステリックな声を出した。それから、いきなりヒーターを焚いた。

「なんすっと？　嫌がらせね？」

あたしもカチンときた。

「我慢しろよ、水温が上がってるんだよ」

水温というのはなんの水温だか判らないが、聞いても込み入った答が返ってくるだけだろう。

　傷ついたって嘘だよ
　がんばったって無理だ
　いいコになんかなるなよ
　いいコになんかなるな

「ごめん、そこで停めて」

むしゃくしゃしてきて、古くてすえた匂いのする酒屋にずかずか入っていって、迷わずマイヤーズラムを万引きした。買い物カゴに入れるのもトートバッグに入れるのも大した差はなかった。堂々と助手席に戻ってきりりと封を開けて、ラッパで飲んだ。咽喉と目の奥が熱くなった。

「おいおい、助手席で酒なんか飲むなよ」

「勝手やろ」

あたしが言うとなごやんはちっと舌打ちをした。アクセルを踏み込んでから、

「よこせよ」

と言ってラムを奪い取り、がぶっと飲んで、

「ひい」と声をあげた。

「第二次大戦前のヨーロッパの死刑囚は、最後のお祈りをした後に絞首台《こうしゅだい》に行く前に一杯のラム酒を貰うんだ」

なごやんはそう言ってまたがぶりとラムを飲んだ。あたしも負けずになごやんが口をつけたボトルを奪い返して飲んだ。

「運転、大丈夫？」

「知るか、平気だろ、こんだけ毎日運転してんだ」

それからステレオの音量をあげたかと思うと何の前触れもなく急ブレーキをかけて、自販機でコーラを何本も買ってきた。

「キューバ・リブレにしようぜ」

「なんそれ」

「キューバ・リブレってキューバの自由って意味だよ。ラムがキューバ産で自由がアメリカの象徴のコカ・コーラなんだ。でもアメリカ人はラムコークって言うんだ。キューバって言ったらさあ、チェ・ゲバラの本がまた最近出てたな。あれ欲しかったんだよな」

「知らん。いっちょんわからん」

もう、なごやんの小理屈にもうんざりだ。山を越えても越えても、この九州にはどこにもラベンダー畑なんかなかった。探しても無駄だった。あたしは黙ってラムを飲み続けた。それで気持ち悪くなって、トイレも何もないパーキングに車を停めてと言って、端の草むらでハンバーグとラムを吐いた。ふらふらしながら車に戻ると、運転席にいたなごやんが運転席の窓から空になったラムの瓶を道路の方へ叩きつけた。パン！　とガラスが砕ける音がして、残骸がキラキラと飛散していた。

「俺もああやって粉々になればいいんだ」

なごやんは言った。小さくはあったが、吐き捨てるような調子だった。それっきりあたし達は口をきかなかった。

13

山を切り開いただけの道だが、それでも真ん中に黄色い線がひいてあって、二丈浜玉《にじょうはまたま》道路みたいにがんがん飛ばせる268号線を宮崎に向けて走った。

宮崎市は突然現れた。川に向かうゆるい下り坂の対岸にまるで蜃気楼《しんきろう》のように都会がきらめいていた。あたし達は同時に、

「うわあ」

と、叫んだ。一気に酔いが覚めるようだった。あたしの不機嫌となごやんのイライラが吹っ飛んだ。

「都会や」

「ビルがあるぞ、ビルが！」

「セブン-イレブン！」

「あ、ロイホも」

目に入るもの全てを叫びまくってから、げらげら笑った。

「俺達、どこから来たんだよなあ」

「宮崎げな、田舎や思うとったと」

「こんな興奮するとは思わなかったなあ」

次の瞬間あたしが叫ぶと同時になごやんがハンドルを切った。

「マツダのディーラー！」


赤やシルバーの新車の並ぶ駐車場の真ん中に、なごやんはしずしずと「広島のメルセデス」を停めた。サービス担当の人にキーを預けて、あたし達は冷房の効いたガラス張りのショールームでぴかぴかの車を見ながら待った。

「ルーチェの新車はないと？」

「とっくの昔になくなったよ」

「そうね」

あたしは、この四角い車に愛着を感じ始めていた。今はもうないなんて、かわいそう。あたし達は商談用の革の椅子に座った。ここで三日とか一週間とか足止めを食ったらどうしよう、急いでいるわけでもない、追われている気配も感じない、けれどとどまりたくはなかった。

サービスの人が戻ってきたのは意外に早かった。

「経年変化でホースに穴が開いちょったとですね。そいでガスが漏れちょったたっちゃが。そこんとこん修理とガスの充塡《じゅうてん》をしちょったよ」

同じ九州と言っても南九州の言葉は半分くらいしか判らない。なごやんも目を白黒させながら、

「もう、大丈夫なんですか」と口をはさむのがやっとだった。

「大丈夫。でん、こんまま放置しちょったらオイルまで抜けてしまうケースもあるかいよ。オイルが抜くっとコンプレッサーが焼けついちしまうかいよ。そんげなると時間も部品代もかかっちしまうがね」

「大丈夫」しか聞いていないなごやんが、良かった、と胸の底から声を出した。

なんだかよくわからないが、おそろしいことにならなくて良かった。

ルーチェは、クーラーをびんびんに効かせて出口の方を向いてあたし達を待っていた。まだまだ走りますよ、と車が言っているような気がした。ルーチェのことだから広島弁で話すのかもしれないが、あたしには広島弁がわからない。

「うわあ、冷えるなあ」

「鳥肌の立つごたあね」

あたし達は再びハイテンションに戻った。

東九州自動車道のインターを過ぎた。今更高速なんて何の意味もない。あたし達は高速道路を黙殺した。

なごやんは10号線沿いに街中に入っていって、きれいなビルの前の歩道に車を乗り上げた。

「ここ、泊まろうぜ」

JALのマークの入ったホテルだった。ロビーに入っただけで、今までとは異質の、ひんやりと堅さのある空気があたしを包んだ。なごやんはリュックを足元に置くと、フロントに肘をついてまるでショットバーにでも来たように、

「ダブル二つ」と言った。

隣の部屋に入るなごやんに、バイバイと言った。ドアを開けると趣味のいいきれいな部屋だった。ローチェストや、楕円形のテーブル、それに何と言ってもダブルベッドだ。あたしはそのマットの固さと広さをたった一人で専有できる嬉しさを吸い込むように感じながら倒れこんだ。ここは明日まであたし一人だけの部屋なのだ。

けれども、裸になってきれいな浴室に入って、ぴかぴかの大きな蛇口をひねって強いしぶきのシャワーを浴びていると、今朝後にしてきた渇水のダムが思いだされるのだった。文明に触れた素直な喜びは長く続かない。

タオルは真っ白で、重たかった。盗みたいと思った。すっかり盗みが身についてしまった。ここには何でもあった。歯ブラシも、コーヒーも、なごやんの命がけの洗濯をあざ笑うかのようなランドリーサービスまであった。

水色の縦縞のナイトシャツを着て、あたしはぴっちりベッドメイキングされたベッドに入り込んだ。ぱりっと糊のきいたシーツにサンドウィッチのハムみたいに挟まれながら、カンガルーは大人になってもママのポケットの恋しいことがあるんやろうか、と考えた。そのまま、真っ白な天井を眺めながら、あたしがなごやんを失う日がそう遠くないということを思った。なごやんはいつまでも九州にいる人ではないのだから、いずれ別れるときは来るわけで、その時には佐賀弁をわざと使って、

「そいぎんた、またね」

と言ってやろうと思った。その時、なごやんは「そいぎんた」が「それじゃあね」という意味だったと知るのだ。大したことじゃないけれど。

そんなことを思っているうちに、眠剤もなしに眠りに落ちた。二時間くらいで目が覚

めて、まだこの部屋にいられる時間がたっぷりあることが嬉しくて、少しテレビを見た。あたし達の捜索のニュースなんかやってなくてほっとした。ダイエーは三連勝中だった。あたしは缶ビールで眠剤を飲んでぐっすり眠った。

電話の音ではっと目が覚めた。朝だった。親とかポリじゃないといいなと思った。

「寝てた？」

なごやんの声だった。

「ううん、今起きた」

「俺もぐっすり寝た。朝飯食って買い物行こうぜ」

なごやんがうきうきした口調で言った。あたしは慌てて飛び起きて、「行く行く」と言った。

ロビーの黒い革張りのソファでなごやんは川で洗濯したポロシャツを着て、寝る前にしか吸わないはずのセーラム・ライトをくゆらしながら待っていた。あたし達は、バイキングの朝食をたっぷり食べてから、日が燦々《さんさん》と注ぐ宮崎の街へ飛びだした。宮崎の太陽は福岡よりも強くて、日射しが空から直角に降ってくるような気がする。

「なんか欲しい物ある？」

「なごやんは？」

「俺、久々に服が欲しいな」

「あたしプラダが見たい」

「買ってやるよ」

「高いけんよかて。見るだけでも楽しかよ」

「こんな金全部使っていいんだよ。もう俺、多分ポルシェなんか買わないしさ」

ポルシェと聞いてあたしは阿蘇の当て逃げを思いだした。でも、もうやつらもここまで追って来はしないだろう。ここはとても遠いし、何と言ってもあれは筑豊ナンバーやった。

なごやんはブルックスのシャツを買ってご機嫌で、おまえのプラダ見ようぜと言った。久々の街ではしゃいでいるのだった。

あたしはプラダのバッグが欲しかった。こんなつらい旅をしたことなんてこれまで一度もなかったから記念が欲しい。これから先、誰と旅行してもこの旅が思いだせるようなバッグが欲しい。でもすぐに、そんなのは嘘の気持ちだと気がついた。あたしはなごやんを失うのがさびしくて、それで代わりにプレゼントが欲しいと思いついただけなのだった。

「やめた。プラダやらいらん」

「なんで？」

「いいと」

「なんだよ、せっかく人が……」

なごやんは不服そうに言った。

「じゃあさあ、せめて化粧くらいしろよ。街なんだから」

なごやんはあたしを山形屋に連れていって、マックスファクターで一式揃えてくれた。売り場のお姉さんがナチュラルメイクをしてくれた。女の友達じゃなくてなごやんが待っているので、なんだか恥ずかしいような眩しいような、こそばゆい気持ちだった。最後にお化粧したのは入院する前だ。それはいつのことやったのか、もう判らないくらい昔だ。仕上がったあたしを見て、なごやんは「よし」と言った。

「じゃあ、自由時間な。七時にロビー集合」

「今日もここに泊まれると？」

「もう一泊しようよ。一泊だけじゃ疲れがとれないよ」

と、なごやんは言って、いそいそと裏通りへと消えていった。あたしはすることがないのでアーケードをやたら歩き回って、本屋で雑誌を買ってからミスドに入ってコーヒーを飲んだ。あたしはすごく普通で、もうあの声も聞こえなくて、自分が今どこにいるのかわからなくなった。

それからホテルに帰って、ゆっくりゆっくりお風呂に入った。温泉もいいけれど、こういうプライベートなお風呂は心が休まる。誰とも喋らなくていいしっとりした時間がホテルにはあった。

七時にお化粧をしてロビーに行くと、ブルックスのボタンダウンを着てちゃっかり散髪までしたなごやんが待っていて、あたし達はレストランでディナーをした。何かの間違いみたいだった。今までのことが何かの間違いなのか、それとも病院から逃げ出したあたし達がのうのうとフレンチのコースなんか食べているのが間違いなのか、これが福岡だったらまた別のことかもしれないけれど、口の中には間違いなく田代八重ダムで夢みた日向地鶏のローストが入っているのだった。

「ここから、川崎までフェリーもあるって知ってた?」

「知らんやった」

けれども、フェリーに乗って川崎まで行こうとは思わんやった。どうしてかわからないけれど、急に、逃げ続ける気持ちが冷めてきてしまっているのを感じた。なごやんも川崎には執着がないようだった。

「久々にネクタイした連中を見たな」

そう言ってなごやんは少しだけ表情を曇らせた。

「出張も多いんだろうね。空港近いし」

「飛行機やったら東京もすぐやけんね」

なごやんは浮かぬ顔でフォークとナイフを揃えて皿の上に置いて、言いにくそうに言った。

「東京から福岡までの距離ってさあ、福岡から東京までの距離の倍以上あるんだぜ。わかる？」

「どういうこと？　一緒やろ」

「遠く感じるってこと」

「そうね」

「俺さ、前につき合ってた彼女に『九州なんかにまわされてかわいそう』って言われたんだ。田舎だからなんだって。ちょっとショックだったよ」

「福岡やったら都会やのに。田舎ちうたら……」

その先は言わずもがなだった。あたし達は多分、同時に昨日通った悪路を思い浮かべていた。

「福岡って思わないんだよ。全部九州なの。東京から見たら外国。嫌になるけど、俺もそう思ってたからわかる」

でも、その言葉はもう、自分が半分福岡人だと言っているのと同じことなのだった。

「その彼女、間違っとう」

「うん、でも間違いでもなんでも、仕方ないよな」

人は見たいようにしか見ない、なごやんが前にそう言っていたのはそういうことやったんかいな。あたしはなごやんの彼女に福岡を見せてやりたいとは思わなかった。彼女を国道265の田代八重ダムに置き去りにしてやりたい、と思った。それから、彼女が島田さんと似ていたかどうかを、とうとう聞きそこなったなと思った。

14

宮崎を出るのはなんだか気が重かった。鹿児島へ向かう10号線はどこにでもある平坦な街道沿いの景色だった。九州山地は終わったのだ。

4B鉛筆のような柔らかい太さのベースと、切なくきらきら光るギターでそのバラードは始まった。

何にも言わない
ウチには帰らない
彼女と歩いてた
日が暮れて　河を見て　橋の上を電車が通る

南阿蘇で見た小さな踏み切りと冷たい湧水があたしの体にくっきりと蘇った。すごくスローだ。すごくしみる。
「あたしこの歌好き」

日が暮れても彼女と歩いてた
日が暮れても彼女と歩いてた

そのやけっぱちには血が通っている。ぶっきらぼうなのに、泣いてもいいよって言われているみたいに優しい。

みんなどんな顔してたっけ
ひとりずついなくなったんだ
ほんで最後は二人で
飽きるまでずっといたのさ

いつか将来、それとも遠い過去、なごやんはあたしの知らない東京の街で、日が暮れても彼女と歩いているんだろうか。あたしはそのころ、今の、こんなことなんか頭のどこにもないんだろうか。

　何にも　いらない
　ほかには　いらない
　彼女がまだそこにいればいーや
　日が暮れても彼女と歩いてた
　日が暮れても彼女と歩いてた

「これさあ、ライブじゃ『気が触れても彼女と歩いてた』って歌ってるんだ」

　これはあたし達の歌だ。テープを何度も巻き戻して聴いた。気分だった。もう、鹿児島までずっとこの曲でいい。ボロ車に合ってるし、だんだん喋るのも億劫になってきた。もうすぐ行き詰まるのが見えているからだ。その先が憂鬱だからだ。あたしはすぐに覚えた。そして歌った。

　熱いから歌うのだ。怖いから歌うのだ。

　亜麻布二十エレは上衣一着に値する。

　気が触れても彼女と歩いてた。

前方が曇っているのは、天気ではなくて桜島の噴煙だと後でわかった。桜島は、どすん、と海にせり出していた。湾を挟んだ向こう側に、鹿児島の街がちかちかと光を反射していた。遠目にも大きな街だとわかった。けれども、宮崎を見たときのような興奮はもう起こらないのだった。何か大きなものが抜け落ちてしまったようだった。あたし達は黙ったまま、涼しい車で都市に入っていった。

鹿児島の街はすごく立派に見えた。宮崎よりも重々しい建物が多くて、あちこちに銅像があったり、きちんと刈り込まれた盆栽みたいな並木があったりする。あたし達がこんなバカなことをやっていても、街は普通に動いている。

「ほんとに白い車が多いんだな」

「そう?」

「灰が降るから黒の車は売れないって聞いたことあるよ。今日も降るのかな」

「夏は市内には降らんばい。季節で風向きの変わるとよ」

鹿児島の話を聞いたのはずっと昔、子どもの頃のことだ、靖子おばさんから聞いた。鹿児島の人だったのだ。母の弟の敏おじさんが鹿児島で働いていたときに知り合って結婚した。よく思いだそうとしていると、なごやんがまた悲鳴をあげた。一年のうちに、一日でも悲鳴をあげない日はないのだろうか。

「今度はなんね」

「俺の会社。鹿児島支店」

「それがどげんしたと」

目の端にNTTのマークを見た。

「いや、びびんない？　そういうの。みんな普通に働いてるんだぜ。俺達がこんな……」

「川で溺れたりしかぶったりしとうときに？」

なごやんはもういいよ、とむくれて、しかし明らかに元気をなくしていた。あたしも鹿児島大学の前を通りかかった時、見なければいいのにキャンパスと学生を目で追って、嫌な気分になった。みんな普通にガッコ行ってるんだ。それで恋愛とバイトの話ばっかりしてるんだ。ばかみたい。

でも、そのばかみたいな生活はもう、あたし達の後ろではなく目の前に来ている。

親と病院とポリは今でもあたし達のことを探しているんだろうけれど、ここの人は誰もあたし達の顔を知らない。名古屋ナンバーの怪しいルーチェのことを多分なんとも思っていない。あたし達は行方不明だけれど何とか生きている。

親にだけは、そのうち電話しようと思った。

国道沿いに、市街地がいつまでも続いた。あたしは、終わりに続く道、とそっと呟いたが、なごやんは少し嗄《か》れた声で「恋は水色」を歌っていた。

指宿《いぶすき》で温泉に入った。お湯が熱かったのでさっと上がって脱衣場で扇風機の風を浴びながら、確か靖子おばさんは指宿の出やなかったとかいな、と思った。あたしが中学生の時に亡くなってしまったから、たくさんは覚えてないけど、おばさんはあたしには、いつも標準語で話した。それが、その頃のあたしには上品で素敵に思えた。おばさんはふるさとの近くに潮が引いた時だけにしか渡れない不思議な島があると教えてくれた。

「海の中に砂の道が出来るのよ、歩いて渡れるの。いつか一緒に行きましょうね」

「海の中道みたいなとこ？」

「海の中道は広くて立派な道路があるでしょう？　そこは狭い砂の道で、いつもは海の中に道が沈んでいるの。時々しか行けないのよ」

あたしはそれを小学校四年生の作文に書いた。でも鹿児島は遠くて、一緒に行く前におばさんは死んでしまった。あれは、この辺りのことなんだろうか。

帳場で団扇をぱたぱたしているおじさんに思いきって声をかけた。

「このへんで、砂の上ば歩いて渡れる島ってなかったですか」

「知林ヶ島《ちりんがしま》のこつけえ」

おじさんは鹿児島弁で言った。

「それです。近いですか」

「すぐやが。手前の国民休暇村の所から入っかなっど。今日は中潮やって今から行けば大丈夫じゃが」

「ありがとう」

あたしが大きな声で言ってお辞儀をすると、おじさんはまた団扇を動かしながら、「いいや」と言った。

少し真ん中のへたったベレー帽を伏せたような形の緑の島に、確かにゆるいS字を描いて砂の道がついていた。

「これで城が建ってたらモンサンミッシェルだな」

なごやんが言った。

海の上を歩いていくのはいい感じだ。けれど暑い。透明な熱の結晶が頭上から突き刺さってくるように暑い。

「きゃあっ」

また叫んだ。見ると直径で25センチくらいあるような、足の細長いヒトデが砂の上で死んでいた。

砂の道で区切られた、鹿児島側の海を見ると、沖に黄色っぽい玉のようなものがぽかっと浮かんだ。

「あれ、なん？」

なごやんはえっと言って目を向けた。一度見えなくなって再びぽこっと浮いた玉はあたしたちのいる砂の道の方へ寄ってきていて、なんと、それが禿頭だということが判明した。海坊主が泳いでいたのだった。

海坊主は意外に遠浅になっていた海の向こうににょっきり立ち上がると、波をかきわけるように両手を左右に揺らしながら歩いて来た。背が高くはなかったが、贅肉なんかどこにもなくて腹筋は割れていた。彫りの深い顔立ちをしていた。お腹の下まで波がひくと、目のやりどころに困るほど鮮やかな真紅の海水パンツを穿いていた。なごやんがどうする？という顔をしたが、目が合ってしまったから何か挨拶をしなきゃと思った。海坊主改め赤パンの〈よかにせ〉は、海から上がるとまっすぐにあたし達を見て、

「写真を撮ってやろう」

と言った。こんにちはでもどこから来たけえでもなかった。

「写真？」

なごやんが頭のてっぺんから出るような声で聞き返した。あたしは、

「カメラ持ってないけん」

と言った。〈よかにせ〉は、意外にもヒトデのすぐそばに置いてあった衣服の山の中から、使い捨てカメラを取りだした。

「ほれ。カメラごとおまえさんたちにやろう」

「え、でも他にも写真が……」

「島の景色だけだ。こんなものいつでも撮れる」

〈よかにせ〉はそう言ってあたしとなごやんに、島を背に立つように言った。そして、

「ほいっ、ほいっ、ほいっ」

と言いながらシャッターを切った。

「おじさんも一緒に撮ってもらえませんか」

あたしが言い終わる前に〈よかにせ〉はにやりと笑って、撮り終わったフィルムをきりきりと巻き上げてしまった。そしてなごやんに差し出した。

「いいんですか？」

「日が強いから気をつけて行くんだぞ」

あたしたちは、〈よかにせ〉にお礼を言って島へと向かった。

「なんだか変なおじさんだったな」

なごやんが小声で言った。

「あげな人んこと、〈よかにせ〉ちうとよ」

「なにそれ」

「鹿児島弁。いい男のこと」

それはあたしが知っている数少ない鹿児島弁やった。

「なに、花ちゃんああいうのが好みなの？」

なごやんは笑いこけた。あわてて、ちがうちがう、と言ったけれどなごやんは島に着くまで笑い続けた。

知林ヶ島の浜は、猫の額のように狭かった。行き止まりの崖は背の高い草ですっかり覆われていて、向こう側に行く道はなかった。浜のはずれには大きな灰色の岩があって海にせり出していた。ここは完全に封印されている、と思った。

「これだけかよ」

「みたいやね」

「島の中には入れないんだ」

「行き止まりやね」

「ああ、ほんとの行き止まりだ、ここは」

「引き返すしかなかね」

島からの帰り道はただ暑くて、長いばかりだった。ヒトデはさっきと同じ場所で死んでいたけれど、赤パンの〈よかにせ〉は影も形もなかった。そういえば、さっき服はあったけれどタオルはなかったなと変なことを思い出した。

「このへんだったよな」

なごやんもやはり〈よかにせ〉のことを考えていた。

「あれっ」

一瞬だけだったけれど、確かに香った。強く香った。

「あ、いい匂い」

なごやんも言った。

「ラベンダー！」

「ラベンダーだ！」

草一本生えていない海の上の道をくっきりとラベンダーの香りが横切ったのだった。

あたしはずっと求めていたそれを胸いっぱいに吸い込もうと、そこに立ちつくした。なごやんが、

「花ちゃん、海が満ちてきてる」

と言わんやったらいつまでもそこにいたかもしれない。

島に渡る砂州は、三日月のように痩せてきていた。海は両側から押し寄せてきていた。あたし達は足を早め、残りの道を、強い日に焼かれながら戻った。やっと陸地について振り返ると、波が道を洗っていた。

「道が、消える」

なごやんが言った。

「帰ろう」

初めて、あたしはその言葉を口にした。なごやんは、口を結んだまま頷いた。

国道に出る信号で、なごやんが言った。

「でも、ここで終わりじゃないだろ」

「薩摩半島の先まで行かん？」

そこで、夏の終わりを見送ろうと思った。

15

フェニックスに囲まれた長崎鼻の駐車場に車を停めると、なごやんは誇らしげに、「千キロ突破したんだ、福岡出てから」と言った。

「千キロってどんくらい？」

「東京─福岡を飛行機で飛ぶと九百キロ。高速道路だったらもっとあると思うよ」

感慨に耽《ふけ》る暇もなく、ギャアという声がした。間髪を容《い》れず、ギャアと答えた。あたしはびくっ、とした。

極彩色の二羽がお出迎えだった。赤い頭、緑の胴体、水色の尻尾。ここは見るからに熱帯だ。

「オウム？」

「コンゴウインコって書いてあるぜ」

海に出るにはジャングル公園を通り抜けるようになっていて、そこは動物園になっていた。この灼熱の地で飼育されているのは、ワオキツネザルやら、白い蛇やらで、どれもこれもとんでもない臭気をまき散らしていた。信じられないことに、なごやんは楽しげに、このうっとうしい獣どもに「おいでおいで」などと声をかけていた。極め付けが走鳥類《そうちょうるい》だった。なごやんは百円の餌を買って、翼竜《よくりゅう》の子孫みたいな凶悪な鳥どもにやって来て、あたしの三倍もあるような大きなダチョウがゆっさゆっさと羽根を揺らしてやって来て、その図体から想像もつかないような素早さでなごやんの手をついて餌を奪いとった時、さすがのあたしも悲鳴をあげた。なごやんは、あはははと笑った。全然びびらない、きゃーとかひゃーとか言わない。どげんなっとうとやろうか。

やっと公園を抜けて長崎鼻に出た。いきなり波の音がお腹に響いた。玄界灘《げんかいなだ》よりも豊後水道《ぶんごすいどう》よりも青い、この旅で一番強い海がそこにあった。

浜に降りると、小さな湾の向こうに開聞岳《かいもんだけ》がすっくと緑の姿を現した。頂上まですっかり晴れていて、稜線《りょうせん》は鉛筆でスケッチブックに描いたように確信のある、惚れ惚れするようないい線だった。

「なんだよあれ、富士山のレプリカかよ」

なごやんが黄色い声で怒鳴った。

「開聞岳よ。薩摩富士ちゅうとよ」

富士山の本物は二回しか見たことないけど、こっちの方がずっとスマートで、りりしくて、豊かで、何よりも海から立ち上がっているところが圧倒的に潔《いさぎよ》い。

「なんであんな形してんだよ」

「さあ、なしてかは山に聞いてみらんとわからん」

「地の果てまで来てこんなもん見せられるとは思わなかったよ」

「なごやんは目鼻がばらばらになるほど本気で腹を立てていた。俺の富士山をバカにしやがって、と思っているのがよく判った。

黒い砂は熱くてふかふかで、海まで行って戻ったら靴のなかがじゃりじゃりになった。あたしは遊歩道の端に座って靴を振って砂を落としながら、静かに、夕方の光に包まれはじめた景色の中で息をついた。

亜麻布二十エレは
頭の中で思ったが、それは自分の声で、Gという男の声は聞こえなかった。もう忘れてしまってもいい文章だった。リーマスが効いてきたのだ。

「はー、ゆたーとするごたね」

「え、なに？」

なごやんは、突っ立ったまま開聞岳を睨《にら》み続けていた。

「ゆたーってわからんと？」

こういう、大事な言葉が通じないのはつくづく面倒くさい。

「ああ、ゆったりするっていうこと？」

「そゆふに言うと、ゆたーが逃げてくったい」

あたしは少し冷たく言った。

ゆたーというのは、世界をまるごと抱きしめたくなるような気持ちだ。そして世界があたしを抱きしめ返してくれて、全身の力が抜けていく。自分が「いる」ということがたまらなく気持ちいい。でも、そげなことをなごやんに言ったら小鼻をぴくつかせながら「存在のなんとか性」と小難しい解説をつけられてしまいそうで嫌だったから、あたしはゆたーとしたまま言った。

「今日って何日？　何日たったんやろうか」

「九月十八日……」

なごやんは時計を見て日付を確認した。

「俺さ、ほんとは今日あたり退院の予定だったんだ」

そんなの初めて聞いた。

あたしが病院を飛びだす時に言ってくれたら、連れて来なかったのに。なごやんの病気がすっかりいいんなら、退院してスーツをばりっと着て会社に戻って行けたのに。あたしが無茶を言いさえしなければ、なごやんは、こんなところまで来る必要は一つもなかったのだ。確かに、鬱の回復期に時々死にたくなったりする人はいるけれど、多分なごやんだって他の大勢の病人と同じように乗り越えていけたのだ。悪いのは全部あたしだった。なごやんは、こんなに長い間一緒にいたのにずっと黙っていたのだ。一度もそのことであたしを責めなかった。あたしは初めて、心の底から申し訳ないと思った。

「ごめん。ほんとにごめんなさい」

頭を上げるとなごやんは、ゆっくり首を振った。

「いいよいいよ。枕崎はどうする？　後で行ってみる？」

「もう、どうでもよか」

「さすがに疲れたな」

なごやんはそう言ってにっこり笑った。

「うん」

濃ゆい色の外海は時に強くうねり、波の背のあちこちが光を反射して目を刺すようだった。灯台の足元の岩場では大きな波が時折白く砕け散った。

「帰るか」

「うん」

「おまえは博多に生まれて博多に帰れるから、いいよな」

あたしはそれ以外のことを考えたことがなかった。自分のふるさとのことをこんなにも複雑なカタチで愛している人もいるなんて、なごやんと会わなければわからなかった。あたしはしばらくなごやんの横顔を見ていたが、思い切って言った。

「いつか極楽に帰ったがよかよ」

ちっともからかったつもりはなかったのに、なごやんは顔の上半身を眩しそうに歪めた。それからなごやんは浜に降りて行って、青い海を挟んでくっきりと浮かび上がっている薩摩富士に向かって前のめりになりながら、

「くそたわけっ」

と叫んだ。

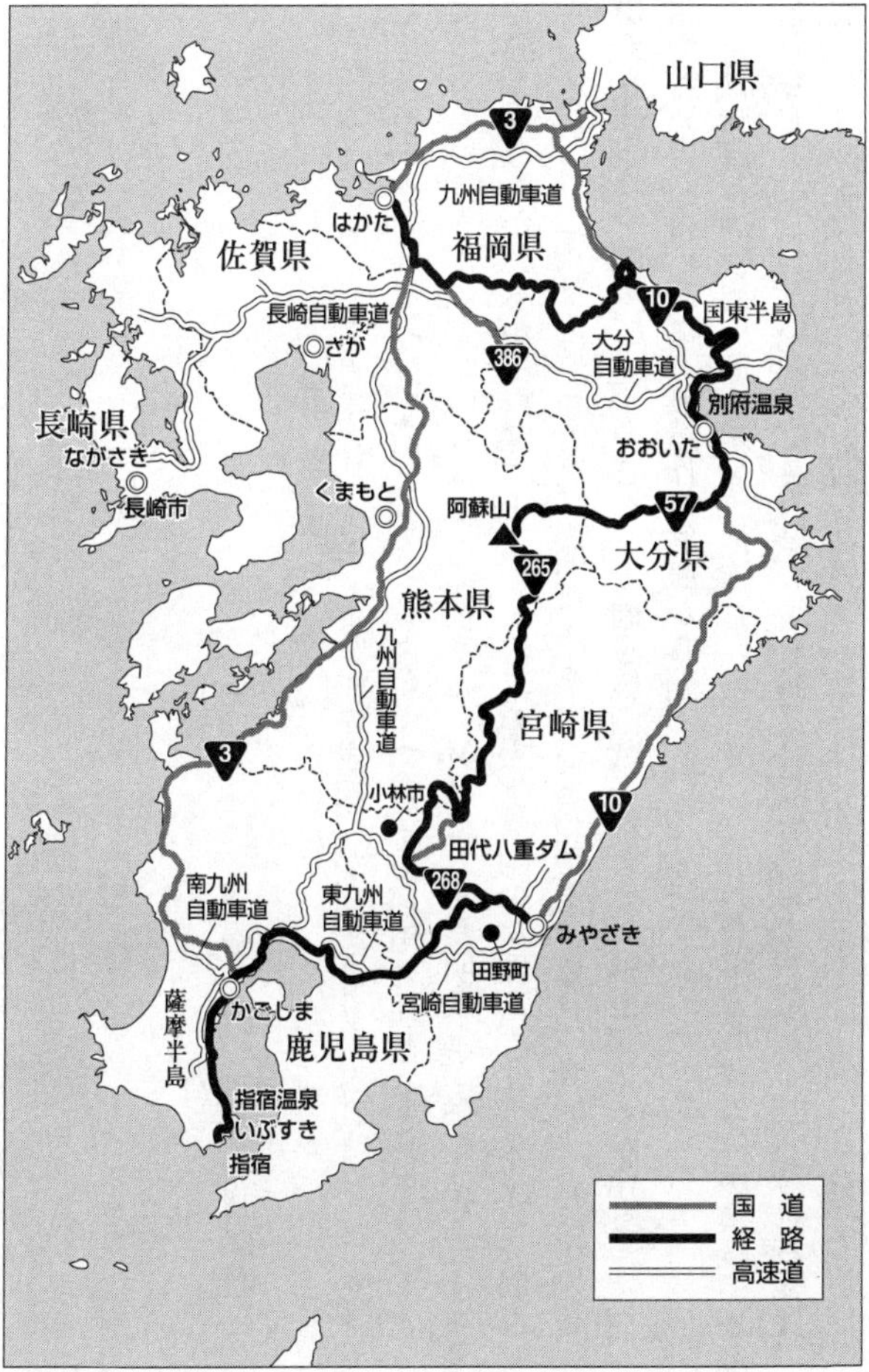
山口県
3
九州自動車道
はかた
福岡県
佐賀県
10
国東半島
長崎自動車道
386
大分
自動車道
さが
別府温泉
長崎県
おおいた
ながさき
くまもと
57
長崎市
阿蘇山
大分県
265
熊本県
九州自動車道
宮崎県
3
小林市
10
田代八重ダム
268
南九州
自動車道
東九州
自動車道
みやざき
田野町
宮崎自動車道
薩摩半島
かごしま
鹿児島県
指宿温泉
いぶすき
指宿
国道
経路
高速道

解説

渡部直己

デビュー作『イッツ・オンリー・トーク』の表題作が、ひとりの女性とひとつの土地とをあっけなく結びつけながら始まっていた（「直感で蒲田に住むことにした」）ように、あるいはまた、息をのむほどの淫猥《いんわい》さと、気品にみちた明度とが絶妙に交叉《こうさ》する名短篇「愛なんかいらねー」（『ニート』所収）の大学講師の女性が、元・学生の不躾《ぶしつけ》な宣告（「先に言っておくけど、おれ変態だから」）ひとつであっさり、糞尿まみれの愉悦に冴えざえと身を開いていったごとく、同じ絲山秋子による長編小説たる本作もまた、一組の若い男女のいかにも無造作な結縁から開かれてくる。

開放病棟とはいえ「プリズン」に等しい場所で、三度の食事と服薬のほかにはほとんど何もすることがないのに、食事はいつも満足に喉《のど》を通らず、厳しく強いられる薬は、飲むくらいなら「治らない方がましだ」とさえおもうほど辛い。だから逃げるしかない、と、ある日そう決意した二十一歳の「あたし」と、逃げしなの中庭でたまたま——どこか、朝晩の挨拶のような気安さで——誘いをかけるや、「へっ？」と怪訝《けげん》な顔をむけながらも「ひょこひょこ」ついてくる二十四歳の男。ひとりで逃げ出すつもりが、偶会の一瞬気が変わり同行を請う女と、請われるまま忠実に就き従う同病の男という構図において、古井由吉の『杳子』をおもわせもする作品は、ともかくそのようにして、福岡の精神病院から出奔した両人が、夏の九州各地を「糸の切れた凧」よろしく、始めは東へやがて南へ南へ、ついに最南端・指宿まで車で走り回る一週間ほどの姿を、ロード・ムーヴィーふうに描くことに終始する。こうした場合、作品の成否は当然、発端にきわだつ結縁のこのあっけなさを、いかに生々と彩るかにかかってくるのだが、作者の並ならぬ力量は、躁《そう》状態にある「あたし」の症状そのものに託された、いわばマルクス的な動因を通じて、この課題に見事に応えているといってよい。

　亜麻布二十エレは上衣一着に値する。

『資本論』の冒頭、「価値形態論」として知られるくだりの発端をなす有名な定式である。この等価性において「亜麻布二十エレ」の価値は「上衣一着」によって表現される、と始まるマルクスの分析は、この等式（＝交換性）の、四段階にわたる連鎖と拡大と転倒のなかから「貨幣」が出現するさまを照らし出してゆくのだが、その詳細は割愛してもよかろう。要はまず、一句が耳奥に響くたびに変調をきたすのだという「あたし」にとって、この幻聴が、きわめて両義的な性格を有している点にある。

鬱病《うつびょう》の躁転期、初めてこの幻聴に襲われた日に「すごく軽い気持ち」で自殺を図ったまま入院生活を余儀なくされた者にあって、それはまぎれもない禍言《まがごと》ではある。症状の悪化につれ、禍言はますます不吉なひびきを帯びるだろう。だが、一句は同時に、いわば試練にみちた福音でもある。それは、まさしく『資本論』の記述どおりに、劇薬テトロピンで「固められた」主人公の心身に交換への開孔部と回路の拡大を命ずる声でもあり、事実、囃子詞のように頻繁に書き込まれる一句の周囲で、作品はまず、交換に不可欠な対の構図を作り出す。「九州の血」を誇り故郷をこよなく愛する福岡大生と、生まれ育った名古屋を唾棄する「東京オタク」で、就職先の配属地で「軽い鬱病」を発した元・慶応ボーイ。互いを「花ちゃん」「なごやん」と呼びあう者たちにおき、諸事にストレートな前者が、病院には二度と帰らぬと言いつのれば、茫洋として摑みがたい後者は後者で、いつか必ず東京へ戻るのだと、それだけはきっぱり言明する。前者の闊達に土臭い博多弁（および各地で自在に口にする佐賀弁、鹿児島弁）と、「自分の精神を名古屋弁に規定されたくない」ゆえに、後者が頑として固執する小理屈まじりの標準語。その掛けあいに何よりいきいきと体現される対偶性は、たとえばまた、逃走ルートとしての「国道」と「高速道路」との選択にもあらわれてくるだろう。「高速道路」ではなく、ひたすら「国道」を！　つまり、大地から何メートルも宙に浮かんで日本全国に均一に張り巡らされた標準語的な道路ではなく、あくまでも土臭く、場所によっては獣道にまがう狭い道を伝って逃げねばならぬという「あたし」の厳命が、相方の不満もよそにそのつど確認しているのは、追っ手の有無であるよりは、作品が保持すべき対の原理である。そのようにして、この二人連れを、互いの感情や思考の交換圏にしきりと繋ぎ込んでゆく逃亡「ドライブ」が結局、病院への自発的な帰還によって閉じられようとする事実も、併せて注目に値しよう。すなわち、そのあらわな循環性。

このとき、脳内に「わらわら」と登場しては主人公を苦しめる数人の（いつも同じ顔ぶれの）男女のうち、ひとり顔をもたぬ人物にして幻聴の注ぎ手が「G」と名づけられるのも当然の成りゆきに類するはずで、これもやはり、同じマルクスによる有名な「循環」定式にみる「貨幣」の頭文字にほかならない。

G（貨幣）―W（商品）―G'（貨幣＋利潤）

「売るために買う」こと。商業活動のもとにあらわれる資本の自己増殖にまつわるこの循環に不可欠なのは、時間である。ずるまでの時間。とすれば、その時間差の主題が、作中いくつもの印象的な出来事や細部を形づくってくることも、また当然なのだといえる。この場所では、肝心なことがきまって、一拍、二拍、あるいは数拍おいて、後から分かることにお気づきだろうか？一事は主に「なごやん」が体現するのだが、川に溺れてから「俺、カナヅチ……」と情けない助けを求めながら、そのまま「白目を剝《む》いて」流されてゆくような相方。その彼が不意に襲われたという自殺の誘惑も、脱走時には退院間際であったことも、後になって「あたし」は知ることになり、相方じしんもまた同様に、自分のうちに「複雑なカタチ」で宿っていた故郷への愛着にめざめることになるだろう。作品は実際、執拗な幻聴と幻覚に抗うように各地の風光や食物にむけて感覚を解きほぐし、外気への開孔部をのびのびと押し拡げてゆく主人公の傍らにあって、みずからもまた、標準語的な外皮を少しずつ脱ぎ捨ててゆくその相方が、薩摩富士に向かって「前のめりに」叫びつける「くそたわけっ」の一語で閉じられることになるのだが、作品は大略このようにして、「読んだ覚えもない」マルクス的な交換と循環の風土に「あたし」たちを息づかせるのだといえばよいか。まさに、ロード・ムーヴィーとしての『資本論』！　では、この場にはどういった利潤が生じ来るのか？

それを、「ねえなごやん、悲しかね、頭のおかしかちうことは」と嘆く者が手に入れる救いのようなものだとみて構わぬとはおもう。が、その救いを、同病者相互のなめらかな親和性に由来すると考えては、本作の最良の生気を取り逃してしまうだろう。生気はたえず、親和的な一体化ではなく、「あたし」と「なごやん」とのあいだに弾み立つのであって、そもそも、この二人を上記の対偶＝交換圏のうちにいきいきと繋ぎ止めているのは、むしろ不等価なズレや誤作動なのだ。たとえば、走行中の車内で幻聴に見舞われた主人公が、叫声を発しては「あたし、しゃーしかろ？」と口にするその意味を、相方が理解したかどうか定かではなく、山蛭《やまびる》に襲われるやひとり車で逃げ去りかけるようなその相方の心底もまた、「あたし」には測りがたい。宿の一夜、主人公の口にする性交への軽い誘いも、あっさりいなされるだろう。随所にそんなズレを孕んでユーモラスな交換性のうちに、男女間の対の強度を徐々に高めてゆく本作は、さらに、この強度を時に端的な交換拒否の身振り、すなわち、幻聴の試練への面当てめいた軽犯罪（当て逃げ、畑泥棒、食い逃げ、万引き）によって逆に高めようともするだろう。マルクスの強靭無比な分析力が、ほかならぬ「資本」からの解放にむけて発揮されていたことを想起しよう。「資本」にたいする分析の忠実さが、解放の可能性を探り当ててしまうこと。それとよく似た晴れやかな逆説として、如上あからさまに『資本論』の参照を強いる本作においても、この男女が二人であることに固執するのは、じつは、対偶原理そのものが呼び込む解放的な通気を呼吸するためなのだ。この救いにおいて相互的に作用しているのも、同じ通気である。それゆえまた、病に効くという「ラベンダー」の畑を「ふたりで、探そうよ」という相方の優しさに、主人公の胸を「シクッと」させるといった光景に、癒しの一語を与えることも慎まねばならない。救いはここで逆に、一種の癒しがたさにかかっているからだ。

指宿の遠浅の浜に浮き出す「海の上の道」。その狭い砂州を歩く「ふたり」の鼻先をふと掠めよぎり、帰還を決意させる花の香りが、その「一瞬」、紋切型の域を出て、読む者の胸を衝くのは何故かと考えてみるとよい。

「あれっ」

一瞬だけだったけれど、確かに香った。強く香った。

「あ、いい匂い」

なごやんも言った。

「ラベンダー!」

「ラベンダーだ!」

草一本生えていない海の上の道をくっきりとラベンダーの香りが横切ったのだった。あたしはずっと求めていたそれを胸いっぱいに吸い込もうと、そこに立ちつくした。(略)

「帰ろう」

初めて、あたしはその言葉を口にした。なごやんは、口を結んだまま頷いた。


この香りが、空しく探し回った「ラベンダー畑」からではなく、例によって何拍も遅れとともに、海面をよぎる風にふと混じりわたるという場景の妙を銘記しよう。香り高い通気の、まさに「ふたり」の逃げ足にも似た無類の軽快さと、それゆえ一種不可避的なその不実さ。ならば、救いがこうして、きまぐれな奇蹟のようにしか訪れぬのだとすれば、この後、「ふたり」はどうなるのか?

主人公の予期するとおり、もともと軽症に加え、すでに、作品の結語として響くその「脱=標準語《くそたわけ》」宣言にいたった「なごやん」は、結縁と同じあっけなさで、帰還後やがて離れてゆくだろう。並の「対話治療」など効きそうにない「あたし」の病も、そう容易くは癒えぬかもしれない。だが、症状は――この道中、胃痛を抑えるごとくそうしていたように――別の薬で軽減すればいいし、それでダメならまたとっとと逃げ出せばいい。逃げ出して、別の相手との別様の交換を伴った移動と循環のうちで、そのつどまた足早に新たな生気を呼吸すればよいだけではないか！　作中ひくひくと脈打ったあげく、海風に混じって二人のあいだを吹きぬけるこの花の香りのもとに「くっきり」と繋ぎとめられているのは、そうした自在さにほかならない。救いとはこのとき、自在であるがゆえにたえず軽快で不実なものの生動にむけて、何度でも「あたし」を、あるいはわれわれを促す力の別称となるだろう。もちろん、病の有無を問うこともなく。

「病とはプロセスではなく、プロセスの停止なのだ」と喝破《かっぱ》したある思想家は、逆に、書かれゆく言葉のきびきびとした「プロセス」そのものが、作家が、自分自身と世界とにもたらす「健康の企て」なのだと記している（ドゥルーズ『批評と臨床』）。至言だとおもう。実際、絲山秋子の最高傑作のひとつであるのみならず、現在の日本文学全体においても稀有な、この素晴らしい作品＝力《プロセス》に接して、元気にならぬ者がいるだろうか？

The ピーズ
「脳ミソ」
「やっとハッピー」
「いいコになんかなるなよ」
「日が暮れても彼女と歩いていた」
JASRAC　出 0709743-202

本書は二〇〇五年二月、中央公論新社より刊行されました。

|著者| 絲山秋子　1966年東京都生まれ。早稲田大学政治経済学部卒。住宅設備機器メーカーに入社し、2001年まで営業職として勤務する。'03年「イッツ・オンリー・トーク」で文學界新人賞を受賞する。'04年『袋小路の男』で川端康成文学賞、'05年『海の仙人』で芸術選奨文部科学大臣新人賞、'06年『沖で待つ』で芥川賞、'16年『薄情』で谷崎潤一郎賞を受賞する。他の作品に『スモールトーク』『ニート』『ダーティ・ワーク』『離陸』『忘れられたワルツ』『小松とうさちゃん』『夢も見ずに眠った。』『御社のチャラ男』『まっとうな人生』、エッセイ集『絲的ココロエ「気の持ちよう」では治せない』などがある。

逃亡《とうぼう》くそたわけ

絲山秋子《いとやまあきこ》

2007年8月10日第1刷発行
2022年9月26日第2刷発行

講談社文庫
定価はカバーに
表示してあります

発行者——鈴木章一
発行所——株式会社　講談社
東京都文京区音羽2-12-21　〒112-8001
電話　出版（03）5395-3510
　　　販売（03）5395-5817
　　　業務（03）5395-3615

KODANSHA

デザイン—菊地信義
本文データ制作—講談社デジタル製作
印刷———株式会社KPSプロダクツ
製本———株式会社国宝社

Printed in Japan

ISBN978-4-06-275806-2

講談社文庫刊行の辞

二十一世紀の到来を目睫に望みながら、われわれはいま、人類史上かつて例を見ない巨大な転換期をむかえようとしている。

世界も、日本も、激動の予兆に対する期待とおののきを内に蔵して、未知の時代に歩み入ろうとしている。このときにあたり、創業の人野間清治の「ナショナル・エデュケイター」への志を現代に甦らせようと意図して、われわれはここに古今の文芸作品はいうまでもなく、ひろく人文・社会・自然の諸科学から東西の名著を網羅する、新しい綜合文庫の発刊を決意した。

激動の転換期はまた断絶の時代である。われわれは戦後二十五年間の出版文化のありかたへの深い反省をこめて、この断絶の時代にあえて人間的な持続を求めようとする。いたずらに浮薄な商業主義のあだ花を追い求めることなく、長期にわたって良書に生命をあたえようとつとめるところにしか、今後の出版文化の真の繁栄はあり得ないと信じるからである。

同時にわれわれはこの綜合文庫の刊行を通じて、人文・社会・自然の諸科学が、結局人間の学にほかならないことを立証しようと願っている。かつて知識とは、「汝自身を知る」ことにつきていた。現代社会の瑣末な情報の氾濫のなかから、力強い知識の源泉を掘り起し、技術文明のただなかに、生きた人間の姿を復活させること。それこそわれわれの切なる希求である。

われわれは権威に盲従せず、俗流に媚びることなく、渾然一体となって日本の「草の根」をかたちづくる若く新しい世代の人々に、心をこめてこの新しい綜合文庫をおくり届けたい。それは知識の泉であるとともに感受性のふるさとであり、もっとも有機的に組織され、社会に開かれた万人のための大学をめざしている。大方の支援と協力を衷心より切望してやまない。

一九七一年七月

野間省一

2022年6月15日現在